MAÑANA

Juan Ramón Vaquero

© 2016

Editado por Ediciones Alféizar
C/Francisco de Borja Pavón 1 – 1º - 2
14002 – Córdoba – España
Telef.: 34 600 792 762
Email: edicionesalfeizar@hotmail.com
Web editorial: www.edicionesalfeizar.com
ISBN- 13: 978-84-945333-0-3
Depósito Legal: CO 488-2016

A mi madre, que dedicó su vida a hacer felices a los demás

ÍNDICE

PRÓLOGO

La línea que separa la realidad de la imaginación es, a veces, excesivamente fina. Tanto, que al escribir esta obra me ha sido muy difícil diferenciar la una de la otra. Les advierto que lo que tienen en sus manos no es un relato autobiográfico, no se confundan. No soy yo el que habla aunque lo pueda parecer. El protagonista es, a lo sumo, el reflejo de una pequeña parte de mí. Tampoco crean que estamos ante una novela realista. Es cierto que muchos personajes existieron y que algunos pasajes sucedieron de verdad, aunque en la mayoría de los casos fue con otros nombres, de otra manera y en diferente lugar. Nada es lo que parece ser.

¿Es esto, entonces, pura ficción? En absoluto. Decir que sí sería mentirles. Lo que van a leer está influenciado, viciado y, si me permiten, intoxicado por aquello que desde mi niñez me ha sucedido. Pero, insisto, no traten de diferenciar lo veraz y lo irreal. La vida es demasiado traicionera como para serle fiel, así que con esta narración he querido contar, intencionadamente, cómo lo recuerdo y no cómo fue. O, sencillamente, cómo quise que fuera.

Esta novela es, ante todo, un ajuste de cuentas conmigo. Un punto de inflexión en el inmenso dolor que supuso, y aún supone, la pérdida de mi madre. Es mi particular homenaje hacia ella y hacia todas las personas que se marcharon antes de tiempo, mucho antes, y que solo pasaron por este mundo para hacer felices a los demás. Cada una de estas palabras, cada una de estas páginas, es suya.

Confieso que, para mí, el hecho de terminar esta historia supone ya un éxito. Llevaba demasiados años conmigo y necesitaba imperiosamente contarla, sacarla hacia fuera para sentirme escuchado. Y creo haberlo hecho con la mayor honestidad. Si, además, con su lectura se conmueven, se entretienen, o empatizan con alguno de los personajes, les estaré infinitamente agradecido. Acaba aquí mi papel. La pelota está ahora en su tejado. Juzguen ustedes si valió la pena.

NO

Esta nana con luto en la voz

que una estrella iluminó sin querer

es una rosa dedicada al dolor

y a esta lluvia que empieza a caer.

(Diego Vasallo)

Nada. Mirar durante horas hacia el horizonte, con el universo entero delante de tus ojos, y no ver nada. O todo. Verlo todo sin que te produzca sentimiento alguno. Caminar en la tarde sin rumbo, sin mirar el reloj hasta apagarse el sol, para llegar a sitios que no eran tu destino. Lugares que jamás imaginaste descubrir. Deshacer el camino y volver al mismo sitio una vez tras otra. Y, sin embargo, olvidar dónde estuviste aunque hubieras pasado por allí un instante antes. No recordar los nombres de las calles.

Sentirte perdido en tu propio hogar. Pasar noches enteras observando el golpeo de la lluvia en el cristal, sin pestañear, con la cara pegada a la ventana. Bajar las persianas, apagar la luz y dejar la casa en completa oscuridad hasta quedar difuminada la noción del tiempo. No dormir. Y pasar así los días. Uno tras otro. Encerrado. Sin pensar. Sin apenas moverte de la cama, sin cambiar la postura. Sin comer. La nada más absoluta interrumpida únicamente por el ruido de la respiración que, de vez en cuando, te hace ver que estás vivo. Pura penumbra.

Recordarme todo a ti. Las canciones inacabadas, los versos rotos, los silencios. El color y la sombra. Lo fugaz y lo infinito. Cualquier sitio y momento. Apagar el teléfono para evitar las respuestas. Para no escuchar ninguna voz. Para huir de la palabra. Evitar los abrazos. Abrazar la soledad. Que te coma la pena. Que te sangren los ojos de llorar. Sentir un descomunal ahogo en el pecho. Convertir cada segundo en un abismo cotidiano. Olvidarte de vivir.

Seguía aquí, es verdad, pero era como si mi existencia hubiese terminado ya. Como saber que todo lo que fuese a ocurrir después daba igual. Nada importaba. Tenía el firme convencimiento de que lo mejor era apartarse de lo que me había rodeado hasta ahora. La única opción, el único camino. Un letargo de autodestrucción y olvido, una descomunal bajada a los infiernos, que duró once meses y una semana. El tiempo exacto que transcurrió hasta el diez de noviembre del año 2013.

Durante ese periodo había vivido completamente abstraído del mundo, ajeno a cualquier circunstancia, quemando las hojas del calendario esperando no sabía muy bien qué. Quizá despertar una mañana y que simplemente hubiera sido un sueño. Como en esas series de televisión en las que los guionistas desconocen cómo deshacer los entuertos que han creado y, tras una sucesión de hechos terribles, el protagonista descubre al levantarse que toda su vida sigue igual y que solo ha tenido una pesadilla. ¿Y si en realidad no hubiera pasado? Ese fue mi único anhelo semana tras semana, esperando que me ocurriese como en alguna de esas secuencias.

Pero nunca sucedió. Nunca volví a escuchar su voz repleta de ternura, su risa desbordada. A ver brillar sus ojos, su mirada destilando bondad. A sentir el candor de su piel, el calor de su abrazo, la calidez de sus manos en mi cara. No hubo más besos ni más palabras de amor. Y es que aquel tres de diciembre sí había ocurrido.

Por mucho que tratarse de negarlo, ella ya no estaba. Esa era la única verdad. Yo nunca despertaría y volvería tenerla conmigo, a mi lado a cada instante. Negarlo no iba a cambiar las cosas. Lo supe aquella madrugada de mi treinta y seis cumpleaños. Mamá estaba muerta y no iba a volver.

AUSTER

Una sociedad impregnada de buena literatura es más exigente con el mundo.

(Mario Vargas Llosa)

El teléfono fijo se había convertido en una reliquia, un elemento más de la decoración de la casa que no utilizábamos. Varios años atrás lo había instalado un operario de la compañía de Internet como un servicio adicional. Reconozco que al principio nos hizo especial ilusión tenerlo. Lo llegamos a usar con habitual frecuencia, pero con el paso del tiempo dejamos de hacerlo para llamar siempre a través del móvil. Como casi todo el mundo. Con lo que ya apenas sonaba. Apenas porque cada noche a las nueve, con puntualidad británica, seguía llamando mi suegra. Nunca fallaba. Siempre, eso sí, para hablar con su hija de asuntos tan interesantes como el nuevo peinado del yerno la vecina del quinto, la comida que iba a preparar al día siguiente, o los últimos cotilleos de los famosos que había leído en las revistas.

Quizá precisamente por eso, por lo infrecuente de escuchar ese sonido, tardé unos segundos en reaccionar. Alguien llamaba a casa pero, ¿quién sería la persona que me había despertado de la siesta un sábado? Lo más probable es que fuese el típico teleoperador que busca ofrecer algo que seguro no me iba a interesar. Eso pensé y decidí primero no responder. La pereza de dar largas a un vendedor pesado me podía más que la curiosidad de saber quién era. Pero finalmente lo hice. Acabé descolgando al quinto tono por instinto.

Lo que sucedió después duró apenas unos segundos. Cuatro, cinco, puede que diez. Ni me dio tiempo a saludar. Descolgué, me llevé el aparato a la oreja y antes de que pudiera articular palabra, tal vez un *hola, ¿quién es?*, mi interlocutor se apresuró a decir aquellas tres frases. Fue como una ráfaga en el viento. La de aquella voz grave de un hombre con una dicción perfecta, que habló de corrido y colgó de inmediato. *A las doce de la noche en El Caimán Dorado. No olvides traer lo prometido. Conoces el trato.* Fin. Nada más. Ni añadió otra cosa, quizá un *hasta luego*, ni yo pude contestar. Quien fuese aquel hombre, estaba claro que había dejado un mensaje a la persona equivocada. Y encima no había opción de que lo supiera. Intenté devolver la llamada pero estaba hecha desde un número oculto.

Los instantes posteriores estuve completamente aturdido. Mi cabeza era un hervidero. ¿Sería una broma de algún conocido? Era poco probable ya que la mayoría de nuestras amistades no conservaba ese número. ¿Llamaba a la Policía? Seguramente no me tomarían en serio. ¿Debía contárselo a Raquel? Igual se asustaba. Aunque, bien pensado, me diría que siempre me ocurrían las cosas más raras, que si solo la llamaba para decir tonterías, que no se podía ir de casa y dejarme solo,...Vamos, que de esto lo mejor era no decirle ni pío. ¿Qué hacer entonces?

Lo que tenía claro es que necesitaba contárselo a alguien cercano que me diera algún consejo. Uno bueno a ser posible. Aunque las opciones eran escasas. El único que no estaba de vacaciones la segunda semana de agosto, junto conmigo, era Alfonso. Y sus ideas no eran a veces las más adecuadas. Pero no recordaba a nadie más que estuviese trabajando en Madrid esos días. Así que decidí invitarle a venir a casa y justo una hora después sonaba el timbre.

-Me abres en albornoz y con una copa en la mano. Debe ser muy grave lo que sucede. ¿Estás bien?

-Te dije rápido, pero no pensé que fuera tan rápido. Estoy perfectamente. Acabo de salir de la ducha. Con este calor estaba chorreando.

-Dijiste que viniera cuanto antes a tu casa, que era muy importante. Que iba a alucinar, has dicho literalmente. He venido a toda prisa. Y por cierto, ¿antes de vestirte te pones un gin tonic? Todo muy normal. Estoy desando saber qué pasa.

-Anda, entra. Te he puesto también a ti un Cardú con hielo. La historia lo merece. Me visto y te la cuento.

Cuando terminé de hablar, los vasos estaban vacíos. No sé si di muchos rodeos o si bebimos demasiado rápido. Creo que ambas cosas. Alfonso había escuchado mis palabras con atención y yo estaba deseando oír su opinión. Por la expresión de su cara, tenía la impresión de que mi relato no le había parecido tan excepcional.

-¿Y bien?

-Quizá es que has leído demasiado a Paul Auster.

-¿A Paul Auster?

-¿Has leído tú alguna de sus obras?

-¿Alguna? Las he leído todas. Es uno de mis escritores favoritos.

-¿Me tomas el pelo? No tenía ni idea de que te gustase leer y mucho menos de tu afición por la buena literatura. ¿Es en serio? A mí me apasiona su forma de escribir.

-Pues claro. Auster me encanta. Pero también Martin Amis, Houellebecq, McEwan, Vargas Llosa,…

-¡Joder!, me dejas descolocado. ¡Tantos años siendo amigos y jamás he hablado de libros contigo! Pensé que solo te interesaban las mujeres, el fútbol, y la buena comida.

-Pues ya sabes otra faceta mía. Hay noches incluso que prefiero un buen libro a un buen polvo.

-Alfonsito, siempre me sorprendes. Lo que no entiendo es qué quieres decir con que quizá haya leído demasiado a Paul Auster.

-Quiero decir que tu llamada no ha sido una alucinación. Te creo. Lo que no quiero es que pienses que puede pasar como en *Ciudad de cristal*. ¿Te acuerdas? La trama se inicia con una llamada errada en mitad de la noche de alguien que pregunta por otra persona. Y el hecho se repite hasta que el protagonista acaba diciendo que es el hombre por el que preguntan y se involucra en una historia que te deja con la boca abierta hasta el final. Pero esto no es una novela. Es la vida real.

-¿Y?

-Pues que lo lógico es que el teléfono no vuelva a sonar, que igual sea una broma. Incluso puede que alguien que quería gastar una broma haya marcado por error. Es muy posible también que alguien se haya equivocado y te haya dado un peligroso mensaje que era para otra persona. Ahora bien, no podemos devolver la llamada, nunca vamos a saber el destinatario, no sabemos quién llamó. Y no se puede hacer más. Quiero decir que no debes darle vueltas. No te sugestiones. Es una anécdota. Todo acaba aquí. No va a sucederte como a… ¿Cómo era?... No recuerdo ahora… ¡Lo tengo! ¡Daniel Quinn! Así se llamaba el protagonista del libro.

-No tiene porqué acabar.

-¿Cómo que no tiene porqué acabar?

-Es fácil. ¿Sabes cuántos bares se llaman, por ejemplo, Casa Paco en Madrid? Decenas. Hay decenas. ¿Y cuántos negocios se llaman El Caimán Dorado? Uno. ¡En toda la ciudad solo existe uno! Lo he buscado en Internet. Así que, si no era un mensaje en clave, el sitio al que se refería nuestro interlocutor está a quinientos metros de esta calle. ¿No es genial?

-Y ahora me vas a decir que esta noche a las doce nos pasemos por allí. ¿Verdad?

-Así es. Puede ser muy divertido.

-O podemos meternos en un jaleo de narices. Igual es una locura.

-Opto por comprobarlo.

-Muy bien. Pero no me mires con esa cara. Tú ganas. Tómatelo como un favor por todas las que te debo. De momento, sírveme otro whisky. Si vamos a hacer una tontería, prefiero que no sea estando sobrio.

INFELIZ CUMPLEAÑOS

Tengo miedo de las noches

que pobladas de recuerdos

encadenan mi soñar,

pero el viajero que huye

tarde o temprano detiene su andar.

(Carlos Gardel)

Siempre era la primera en llamar. Daba igual que estuviera al otro lado del mundo o que se encontrara enferma. Nunca se le pasó. Creo que contaba los segundos hasta que daban las doce en punto de la noche. Y entonces sonaba el teléfono.

-Felicidades, hijo. Ya tienes un año más. Te estás haciendo un hombre.

-Gracias mamá. Me encanta recibir tu llamada.

-Bueno, que descanses y tengas un gran día. Por la mañana hablamos.

-Un beso. Te quiero.

Así comenzaba cada día de mi cumpleaños desde que me fui de casa de mis padres. Aunque antes, cuando vivía con ellos, también era la primera en felicitarme. Solíamos estar en el salón, viendo la televisión o leyendo un libro, y ella hacía como si se hubiese olvidado del momento que era.

Interpretaba tan bien su papel que confieso que alguna vez llegó a engañarme. Pero nunca se olvidó. A medianoche en punto se acercaba a mí y entonces llegaba el tirón de orejas, el beso y el abrazo. Y después, era el ritual, se iba a su cuarto y traía el regalo.

Cada año mamá compraba aquello que yo más deseaba. La cadena de música que anhelaba, la cazadora que había visto una y otra vez en aquel escaparate, o el reloj con el que soñaba hacía meses. Y eso que nunca fuimos una familia a la que le sobrase el dinero. Pero ella se las ingeniaba para enterarse de aquello que mayor ilusión me hacía, ahorrar durante semanas, y comprarlo sin que yo sospechara. Hacía lo imposible para conseguirlo y hacerte sentir en tu día el chico más especial del mundo. Sin embargo, nunca la vi comprase ningún capricho. Era feliz dándole todo a su familia, aunque eso supusiera tener que renunciar a ir a un viaje acompañando a mi padre o no poder quedar a comer con una amiga durante meses.

Lo que más ilusión me hacía, bien es cierto, era la celebración que preparaba. Recuerdo volver del colegio y oler el aroma que impregnaba toda la casa tras una jornada entera que había dedicado a preparar tartas. Aún hoy, hay días en los que cierro los ojos, respiro hondo, y me viene a la mente el intenso sabor a manzana caramelizada, la textura del bizcocho esponjoso, la cremosidad del chocolate. Nunca volví a probar dulces tan deliciosos como aquellos. Ni tampoco a disfrutar con fiestas como ésas. Mi madre invitaba a compañeros de clase, vecinos del barrio, hijos de amigos, primos,…una veintena de chiquillos que lo pasábamos en grande jugando por las habitaciones al escondite, disfrazándonos de indios y vaqueros, o bailando al ritmo de las canciones que nos ponía mi padre en aquel tocadiscos al que trataba como si fuera una joya. Creo que era imposible gozar más. Yo era pura felicidad e inocencia. Y lo seguí siendo hasta el tres de diciembre de 2012.

Aquel día la vida dio un giro de ciento ochenta grados. Aunque no lo supe hasta el diez de noviembre del año siguiente. Negué la realidad hasta que me di de bruces con ella. Conocí la locura, me adentré en los paisajes más sórdidos, caminé a la perdición absoluta. Creí no regresar jamás a la cordura. Y cuando ya carecía de toda consciencia, descubrí el lado más cruel del dolor. Supe que el momento más horrible de tu vida no es cuando tu madre fallece de improviso. Es cuando asimilas lo ocurrido. Cuando descubres que ya no está. Cuando lo acabas aceptando.

Durante once meses y una semana, viví en una completa negación creyendo que su ausencia podía ser pasajera, fruto de mi imaginación o de un mal sueño. Pero esa madrugada el teléfono no sonó. Como sí lo había hecho durante treinta y cinco años. Esperé despierto toda la noche a que lo hiciera. Conté cada segundo, cada minuto, cada hora. Vi amanecer. Pasé mañana y tarde en la cama. Anocheció. Dieron las doce del día siguiente. Y nunca se produjo su llamada. Así fue como supe que mamá estaba muerta. Los cumpleaños, desde entonces, no pueden ser más infelices.

ORDEN DE DESAHUCIO

No puedo darte soluciones para todos los problemas de la vida,

ni tengo respuestas para tus dudas o temores,

pero puedo escucharte y compartirlo contigo.

(Jorge Luis Borges)

Alfonso González de Tejada era el primero de cuatro hermanos de una familia acomodada. Su abuelo materno, Matías, había hecho fortuna en México, a donde había emigrado, como tantos otros españoles, en 1940. Amigo personal de Manuel Azaña, a su llegada fue recibido con los brazos abiertos por el entorno del presidente Lázaro Cárdenas, que le encomendó la tarea de asesorar en el programa que el Gobierno había puesto en marcha para coordinar la acogida de los exiliados republicanos. Un puesto que le valió para hacer en poco tiempo buenos contactos y con el que realizó grandes favores a muchos compatriotas. Gracias a ello, unido a sus excelentes dotes para los negocios, dos décadas después era dueño de una decena de explotaciones ganaderas, dos hoteles y una fábrica de tabaco. Su fama llegó a ser tal que su boda con una chica doce años menor salió en todos los periódicos. Para entonces, poco quedaba en él de aquel joven socialista que había llegado a América con un macuto con apenas dos mudas. El único sueño que conservaba era el de volver a España una vez acabase la dictadura. Algo que nunca vieron sus ojos.

Los que sí pisaron por primera España fueron sus hijos, Miguel y Alejandra, en el verano de 1980. Vinieron a conocer el país del que tanto habían oído hablar. Por su cabeza no pasaba para nada quedarse. En México tenían hecha su vida, sus amigos, su familia, gestionaban un emporio y disfrutaban de todo tipo de lujos. Aquel era solo un viaje de placer con el que buscaban saldar una deuda. Él, derrochador y mujeriego empedernido, acaba de cumplir la treintena. Ella, responsable y buena estudiante, contaba con 22 años y estaba a punto de terminar Ciencias Económicas. Durante dos semanas conocieron Barcelona, Salamanca, Madrid y Málaga. En esta última ciudad fue, precisamente, donde la joven quedó prendada del padre de Alfonso. Tres días en la Costa del Sol en los que apenas mantuvieron una decena de conversaciones y almorzaron un par de veces. Eso sí, siempre con el hermano como testigo. Después vinieron meses de escribirse por carta, alguna que otra llamada de teléfono y, finalmente, un viaje al otro lado del charco en el que Ramiro González pidió matrimonio a Alejandra de Tejada. Se casaron en la capilla del Rosario de Puebla, el sitio donde la contrayente había pasado su infancia y donde había recibido todos los sacramentos, el ocho de mayo de 1981 y asistieron a la celebración más de quinientos invitados. Nueves meses después, el seis de febrero de 1982, nacía su primogénito.

La pareja vivió durante una década en la colonia Polanco, una de las zonas más lujosas del Distrito Federal. En aquella mansión ajardinada de la avenida Rubén Darío fueron inmensamente felices viendo crecer a sus hijos. Los problemas llegaron cuando la prensa comenzó a airear los orígenes ilícitos y los métodos de consolidación del patrimonio de la *dinastía Tejada*, como eran conocidos. Los periódicos hablaban de pagos ilegales a funcionarios para conseguir licencias, mordidas a políticos para lograr tierras a precios muy ventajosos, evasión de impuestos, sobornos a jueces,…Infinidad de acusaciones de hechos acaecidos desde los años cincuenta hasta entonces.

Muchos de los delitos nunca se llegaron a probar, otros prescribieron, y las pocas sentencias en contra fueron satisfechas con multas económicas. Los mejores abogados del país trabajaron sin descanso para ellos. Se salvaron por los pelos de la cárcel pero no pudieron evitar el descrédito. La presión social sobre los descendientes del exiliado Matías se hizo insoportable. Los cuchicheos a sus espaldas en el club de campo eran constantes, dejaron de recibir invitaciones a fiestas, todas las amistades les dieron de lado, no eran bienvenidos en ningún restaurante, los niños eran víctimas de continuos insultos en el colegio,…Aguantaron así un año. Después acabaron traspasando los negocios y cerrando todas sus propiedades. Alejandra de Tejada, ya con cuatro vástagos criados, y su marido empezaron una nueva vida en Madrid en abril de 1992. En octubre llegaría el tío Miguel, aún soltero.

Alfonso y yo nos conocimos en la Nochevieja que dio paso al nuevo milenio en la fiesta que mi primo Luis había organizado en casa de mis tíos. Ambos habían estudiado juntos el bachillerato en el colegio Santa María de los Rosales y siguieron manteniendo la amistad tras su paso a la universidad. Fue un primer encuentro en que no hubo ninguna química. Su presencia allí me incomodaba. Un tipo alto, fuerte, atractivo, que parecía simpático, y con un traje que se veía a la legua que era muy caro iba seguro a acaparar la atención de todas las chicas. Y así fue. Ya entonces, como ahora, las volvía locas. Pero a pesar de que, a su lado, siempre pasabas desapercibido para las mujeres, de su altísimo nivel económico, y de que nos separaban cuatro años, nuestros gustos musicales y nuestra afición al Real Madrid nos acabaron haciendo inseparables. Acudíamos a conciertos, íbamos al Bernabéu, cerrábamos los bares,...Se convirtió en uno más de la pandilla. Aunque en esta última etapa apenas nos veíamos, nunca habíamos perdido el contacto. Mi vida de casado a punto de ser padre era bastante incompatible con la de un soltero que seguía siendo el rey de la noche madrileña. Nos solíamos, eso sí, poner al corriente a través del correo electrónico o los mensajes de teléfono casi a diario.

Esa salida nocturna era para nosotros, de alguna forma, como volver a retomar los viejos tiempos. Cuando bajamos a la calle, de hecho, estábamos especialmente eufóricos. En parte por eso, en parte debido a que llevábamos varias horas tomando copas. Ello no supuso, sin embargo, suficiente anestesia para que nos pareciera que aquel era uno de los peores antros en los que habíamos estado. Era como si todos los jóvenes que quedaban en la ciudad, casi desierta en agosto, se hubieran concentrado allí. Nos movíamos a empujones en una sala gigantesca en la que el volumen de la música nos obligaba a hablar a gritos para poder entendernos. Llegar a una de las tres barras del local fue una odisea. Tardamos quince minutos en lograr que nos atendieran y antes de que estuviéramos servidos ya nos habían ofrecido tres tipos de drogas diferentes de las que desconocíamos la existencia de dos.

-Esto es una locura.

-¿Qué? No te oigo nada. Chilla más.

-¡Que esto es una puta locura! Esta mierda de música electrónica me está volviendo loco. Además, mira la gente que hay. ¿Te has fijado cómo nos miran? Creo que no pintamos nada.

-Tómate la copa y relájate. Quedan cinco minutos para las doce. Aunque tenemos muy difícil deshacer mi enredo. Sea lo que sea, o sucede delante de nuestros ojos o no nos enteraremos.

Alfonso tenía razón. Había cientos de chavales con camisetas y zapatillas, el pelo rapado, gorras hacia atrás,... Ellas iban con minifaldas y vestidos ajustadísimos, pulseras fosforescentes, tatuajes por todas partes,...Bailaban como posesos mientras nosotros no despegábamos los pies del suelo, aturdidos por aquel sonido. Éramos como dos extraterrestres en ese lugar lleno de clones, los únicos que íbamos vestidos con camisa y zapatos. Deberíamos tener, además, diez años por encima de la media. Pasar así desapercibidos se nos hizo imposible.

Mientras acabábamos la primera consumición llegó la medianoche. Y como intuíamos, si algo relacionado con la llamada a mi casa había sucedido, no vimos nada extraño. En realidad, estábamos viendo demasiadas cosas extrañas aunque ninguna de ellas tenía que ver con lo que nos ocupaba. Decidimos, por si acaso, esperar un rato más tomando otra copa y cuando la terminamos salimos a la calle, algo decepcionados, en busca de otro destino.

-¿Has visto, *Juanito*? Tu historia no era tan apasionante.

-Bueno, al menos este asunto ha servido para que nos volvamos a correr una buena juerga. ¿Hace cuánto que no salíamos juntos?

-Es cierto, hacía años que no nos cogíamos una borrachera. Y ésta va camino de ser antológica si seguimos bebiendo así.

-Oye, ¿sigue abierta la Bodeguilla?

-Ahora se llama La Isla Azul. Pero sí, sigue estando ahí.

-Pues para un taxi y vamos. Es la una. Todavía podemos divertirnos un buen rato.

La Isla Azul estaba casi desierta. Como el resto de sitios que visitamos, lo que no nos impidió que disfrutásemos como niños recordando el pasado y charlando con las camareras, aburridas por los escasos clientes a los que tenían que servir. De allí fuimos a una terraza al final del Paseo de La Castellana y, cuando cerraron, terminamos la velada en El 27, una discoteca a unos pasos de allí, en la Plaza de Colón, que seguía abierta.

Cuando llegamos a casa de Alfonso estaba amaneciendo. No es que yo estuviese en plenas condiciones, ni mucho menos, pero su estado de embriaguez era tal que a duras penas había conseguido no vomitar en el taxi y le costaba mantenerse en pie. Dudaba de que fuese capaz de abrir la puerta y quitar la alarma por sí solo, así que pensé que lo mejor era acompañarle. Se nos había ido la mano con el alcohol como si fuésemos dos adolescentes. Una vez arriba fuimos directamente a su cuarto, le tumbé sobre la cama y le quité los zapatos. No se enteró de nada. Al darme la vuelta ya estaba roncando.

Mientras caminaba por el pasillo pensaba en lo raro que me sentía. Años atrás, cuando salíamos los dos a solas nos ocurrían cosas excepcionales que luego nos daban de qué hablar durante semanas. Ya no somos lo que éramos, dije para mí sonriendo. Craso error. Pude haberme marchado directamente, pero antes de hacerlo entré a beber agua a la cocina. Abrí la nevera y, mientras bebía directamente a morro de la botella, me di cuenta de lo cansado que estaba. Decidí que lo mejor sería quedarme a dormir en el sofá del salón. Era domingo y, con Raquel en la playa con sus padres, nadie me esperaba. Así que entré en él, aparté un par de sillas que me estorban y entonces lo vi. Sobré el *chaise longue* había un papel. Lo cogí para dejarlo en la mesa y tumbarme, pero fue inevitable no ver lo que ponía. Necesité abrir y cerrar los ojos varias veces para comprobar que era cierto lo que estaba leyendo. Tenía en mis manos una orden de desahucio. Aún nos quedaba por vivir una gran aventura.

MAMOLILLAS

Los ojitos que me diste

me los tengo de gastar

en seguirte por los valles,

por el cielo y por el mar.

(Gabriela Mistral)

El tacto de sus manos era pura seda. Adoraba tumbarme a su lado, poner la cabeza sobre sus delicadas piernas y extender mis minúsculos brazos para sentir sobre ellos la yema sus finos dedos. Piel contra piel, deliciosa caricia, acompasada nana de su voz alada en el silencio de la noche. *Duérmete niño, duérmete ya, que viene el coco y te comerá.* Caer rendido al calor de su abrazo.

Convertimos en costumbre aquel ritual con el que acabábamos el día siendo aún un bebé. Ella mesaba mi pelo, tocaba mi cara con delicioso mimo, rozaba pacientemente mi espalada. Poco a poco, mis ojos se cerraban, me iba sumiendo en el más profundo de los sueños, extasiado de gozo. En su regazo me llevaba con sigilo a la cama, arropaba mi cuerpo en sábanas que olían a lavanda, encendía una pequeña lámpara con cuya luz ahuyentaba mis miedos, y salía de la habitación besando mi mejilla.

-Mamá, quiero *mamolillas.*

-Ya eres muy mayor, Juan. Ya tienes doce años. No es para que te siga haciendo carantoñas.

-¡Jo, mamá, solo unas pocas!

-Como nos vea tu padre se va a enfadar.

-Me da igual que se enfade.

-Vale, pero cinco minutos nada más.

Las cosquillas de mamá dejaron de ser, paulatinamente, algo habitual. Aunque, incluso estando en la universidad, nunca desaparecieron del todo. A veces me arrimaba a ella, me sentaba su lado, y ponía la mejor de mis sonrisas. No hacían falta palabras para saber lo que estaba deseando. Y entonces ella me hacía volver a mi niñez por unos minutos.

Lo que sí siguió siendo una costumbre hasta el mismo día que en que me independicé fue la forma de desearnos buenas noches. Ella tenía dificultad para conciliar el sueño, así que solía acostarme antes mientras se quedaba un rato más disfrutando de la lectura o viendo el último informativo en la televisión. Una vez en la cama, yo esperaba ansioso a que hiciera una pausa y viniera, deseando escuchar el sonido de sus pasos por el pasillo, hasta que estaba a mi lado. Entonces se agachaba, me arropaba con el edredón y me daba un beso.

-Buenas noches, hijo.

-Buenas noches, mamá.

-No te olvides de rezar por toda la gente que no tiene tanta suerte como nosotros y por nuestros seres queridos que nos ven desde el cielo.

-Ya lo sé. Te quiero.

-Yo también. Descansa.

-¿Mamá?

-¿Qué?

-¿Me haces una *mamolilla*?

-¡Lo que me faltaba, con casi 30 años que tienes ya!

UN CASTILLO DE NAIPES

Las nubes en manada

se quedaron dormidas contemplando

el duelo de las rocas con el alba.

(Federico García Lorca)

Eran casi las dos de la tarde cuando desperté con un dolor de cabeza descomunal. Mis resacas siempre habían sido de campeonato. Y, además, hacía muchos años que no probaba tanto alcohol. Todo me daba vueltas aún. Así que me levanté para ir al baño y volví a acostarme. Alfonso seguía durmiendo. Unas horas después le tenía delante, tan fresco como una rosa.

-Vamos, campeón, levántate. Habrá que tomar algo, ¿no?

-¡Menudo susto me has dado! ¡Vaya forma de despertarme!

-¿Te apetecen unas pizzas? Me comería una vaca ahora mismo.

-No tengo nada de hambre. Sigo molido. ¡Es alucinante cómo eres capaz de estar así de bien después de lo que bebiste ayer! Tenías que haber visto cómo llegaste a casa. Parecía que ibas a reventar.

-Pues mira ahora. Estoy como nuevo. Anda, date una ducha y ya verás qué bien te quedas.

-De acuerdo. Pero antes de ducharme, prefiero que hablemos.

-Tú dirás.

-Creo que se te ha pasado contarme algo importante. Hemos estado toda la noche hablando de chorradas y no sé cuándo pensabas contarme esto.

Alfonso estaba pálido. No esperaba que tuviera en mi mano aquella orden judicial de desahucio. Tres párrafos en los que se detallaba básicamente que mi amigo, a cuya familia dábamos todos por millonaria, tenía poco más de un mes para abandonar su piso de la calle San Quintín, situado frente al Palacio Real con vistas a los jardines del Campo del Moro, y en el que tantos momentos inolvidables habíamos compartido.

Los González de Tejada desembarcaron en la capital de España el catorce de abril de 1992, el mismo día en que fue inaugurado el tren de alta velocidad. El país era entonces un hervidero, preparado para acoger la Exposición Universal de Sevilla, los Juegos Olímpicos de Barcelona, o la capitalidad cultural europea de Madrid. Hasta después del verano, el matrimonio estuvo alojado con sus hijos en el hotel Ritz, mientras decidía la zona en la que establecerse. Finalmente se decantaron por una casa de tres plantas en la calle Manipa, al final de Arturo Soria. De todas las opciones barajadas, ésa les pareció la mejor. Sus hijos crecerían rodeados de zonas verdes, era un barrio exclusivo alejado del ruido de la ciudad y, a su vez, estaba muy bien comunicado. El nuevo hogar apenas necesitó unas pequeñas reformas que duraron semanas, así que en otoño ya estaban en él instalados.

No fue, sin embargo, hasta 1996 cuando echó a andar GOTESA, González de Tejada Sociedad Anónima, que con el tiempo se convertiría en una de las constructoras con mayor volumen de negocio. Hasta entonces, la gravísima crisis económica del lustro anterior les había hecho desistir de poner en marcha cualquier proyecto. Desde sus inicios, la empresa creció como la espuma y fue responsable, a finales de la década, de algunos de los principales desarrollos urbanísticos de localidades como Alcorcón, Collado Villalba, Torrejón, o Getafe. El procedimiento era simple. Solían comprar, en lugares en los que se preveía un importante crecimiento de población, suelo a precios asequibles. Después éste multiplicaba su valor tras ser recalificado, a veces tras convencer al alcalde o concejal de turno con suculentas cantidades económicas para beneficio personal. Y, finalmente, construían bloques de viviendas que vendían como si fuesen rosquillas. Antes de que las obras estuvieran acabadas, solían tenerlas adjudicadas sobre plano.

El gran salto se produjo a comienzos del nuevo mileno. Hasta entonces, sus operaciones se habían desarrollado en la región madrileña, siempre financiadas con el dinero obtenido de su época en México, primero, y con él iban logrando según aumentaba el volumen del negocio, después. Fue en 2002 cuando decidieron fijar sus nuevos objetivos en la costa. Las ventas de pisos en la playa se estaban multiplicando por tres, año tras año. Y aún quedaban zonas como Almería que tenían decenas de pueblos por explotar. Ése fue el comienzo de su ruina.

Los nuevos planes de la familia pasaban por urbanizar las enormes extensiones de terreno aún vírgenes, hectáreas enteras, que se encontraban muy próximas al mar en esa zona. Las posibilidades que vislumbraron en municipios como Vera, Aguadulce o Mojácar eran infinitas. La cuestión es que cualquiera de los proyectos que tenían sobre la mesa, por su envergadura, necesitaba financiación externa. Es decir, el crédito de los bancos. Un riesgo que, como muchas otras empresas del sector, no supieron o quisieron valorar. Creyeron que siempre podrían devolver el dinero.

Levantaron en espacios antes desérticos miles de chalets emparedados, pisos y casas unifamiliares en fincas con piscinas, pistas de pádel, zonas infantiles e, incluso, campos de golf. La fórmula de sol y playa parecía inagotable. Hasta que en 2007 los González de Tejada se dieron de bruces con una nueva crisis económica, la segunda desde su llegada a España. De la noche a la mañana, la gente dejó de comprar y se encontraron con urbanizaciones enteras en las que no lograban vender ni un solo apartamento. La empresa se quedó sin liquidez dos años después y con un patrimonio de más de quinientas viviendas a las que no conseguían dar salida. La deuda con los bancos, que también habían cerrado progresivamente el grifo, y con los proveedores se hizo insostenible. Muchas construcciones quedaron a medio hacer. Bloques de hormigón y acero que hoy forman parte del paisaje que rodea la autovía del sur. La viva imagen del fracaso de un sueño construido sobre un castillo de naipes.

-No sé qué decirte. Lo siento mucho, la verdad es que pensaba que a la empresa de tus padres no le iría muy bien en estos tiempos. Como a todas las constructoras. Pero jamás imaginé que podían estar…

-En la ruina, Juan. Lo puedes decir. Están en la ruina. Trataron a la desesperada de reunir el máximo dinero posible vendiendo los inmuebles a la mitad del precio que tenían en su día. A veces a un tercio. Aún así, no fue suficiente. Y eso que los bancos les fueron prorrogando el plazo para saldar lo que debían. Son los primeros a los que no les interesa tener viviendas que tampoco pueden colocar. Pero todos los plazos vencieron en enero.

-¿Y entonces? ¿Ahora que pasa?

-Lo vas a entender rápido. La economía lleva ya más de cuatro años en recesión y no parece que esto vaya a terminar pronto. Al contrario. Así que los acreedores decidieron no esperar más. Si no había liquidez, cobrarían lo prestado con el aval suscrito en su día. Lo único que queda.

-O sea, las casas que siguen siendo de tu familia.

-Así es. En este momento la deuda asciende a catorce millones de euros.

-¿Catorce millones?

-Has oído bien. Esa es la cifra que se van a cobrar en inmuebles.

-Vale, pero lo que no entiendo es qué tiene que ver esto contigo. ¿Por qué te desahucian a ti?

-La clave es ésa precisamente. ¿Sabes a nombre de quién está este piso?

-¡No me jodas! ¿De GOTESA?

-¡*Touché*!

-¿Llevas seis años viviendo aquí y nunca cambiasteis las escrituras?

-Lo intenté pero era tarde. Todo lo que había a nombre de la empresa está fiscalizado desde hace dos años como parte del patrimonio con el que resarcir los créditos. Hemos buscado todos los resquicios legales pero no hay nada que hacer. Créeme.

-¿Y los pisos de Almería no sirven como moneda de cambio?

-Eso sería lo ideal. Hay más de doscientos por toda la costa todavía.

-¿Pero?

-Es lo que menos interesa. Aquello vale muy poco e igual tardan una década en que se venda. Y prefieren esto, que tiene un precio alto y que te lo quitan de las manos. ¿Sabes en cuánto está valorado el suelo que pisas?

-¿Dos millones?

-Justo el doble. Quinientos metros frente a Palacio. Vistas inmejorables. En un lugar donde la demanda es enorme y la oferta escasísima. Piénsalo. Por eso lo quieren. Igual que la casa de Arturo Soria.

-¿También?

-Eso es. La ley les ampara para liquidar la deuda entre los bienes que elijan. Hace ocho meses se tasaron todas las propiedades y los bancos escogieron aquellas que quisieron hasta llegar a los catorce millones. Lo que tenían en Madrid mis padres lo han perdido. Al no haber acuerdo, ha sido un juez el que ha establecido las fechas para los desalojos.

-Así que por eso tienes hasta el diecinueve de septiembre para marcharte.

-Exactamente cinco semanas.

-¿Y qué coño podemos hacer?

-Te lo he dicho. No hay nada que se pueda hacer. Ya lo he aceptado. Tengo que dejar esto antes de esa fecha.

-¡Y lo dices como si fuera lo más normal!

-¿Por?

-Te conozco como la palma de mi mano y sé que estás ocultando algo. Me has contado todo como si fueras un presentador del Telediario explicando una mala noticia. Muchos detalles, muy bien narrado, pero sin implicarte. Tus padres lo pierden todo, te quedas sin casa y no estás hundido. No te has emocionado. No has llorado. No veo rabia en tus ojos.

-¿Qué quieres que haga?

-No lo sé. No estoy en tu situación. Pero sé que si no se pudiera hacer nada no estarías así. Me lo puedes contar o puedes seguir haciéndote el loco. Pero hay algo que te estás callando.

-¡Está bien! Hay una salida. Pero necesito que seas una tumba. Ni si quiera se lo puedes contar a Raquel.

-Prometido.

-El relato que he contado es absolutamente cierto. De principio a fin. También que tengo que irme de aquí.

-¿Y entonces el plan b cuál es?

-¿Te suena Jackson Pollock?

-¿El tipo que hacía cuadros con manchurrones de pintura salpicada?

-Esa es una forma muy vulgar de definir su estilo.

-He visto alguna obra suya de cerca en el Reina Sofía. No me llama demasiado la atención. Creo que sus cuadros están sobrevalorados.

-¿Sobrevalorados? Lo peor es que sé que lo dices en serio. Como crítico no tendrías desperdicio. Pero ahora mismo no estamos para discutir de arte. Sea como fuere, mi única esperanza está en él. Genio o farsante, Jackson Pollock tiene la llave de mi futuro.

AJUSTE DE CUENTAS

Cinco minutos bastan para soñar toda una vida, así de relativo es el tiempo.

(Mario Benedetti)

La felicidad no existe. Nos engañan para que pasemos nuestra existencia tratando de alcanzarla. Pero es una utopía nada más. No es un estado en el que poder vivir. Estamos rodeados de miseria, guerras, atentados, pobreza, enfermedades, odio, rencor y muerte. ¿Se puede así ser plenamente feliz? Solo alguien que carezca de cordura podría serlo. La tristeza, en cambio, es un lugar al que puede llegarse fácilmente. Hay demasiadas personas instaladas en ella. Hombres y mujeres sin hogar que no pueden dar de comer a sus hijos, a los que una bala les arrebató a quien más amaban, o que perdieron en una patera en el mar a sus seres queridos cuando trataban de llegar a un mundo supuestamente mejor. Gente a la que el dolor acompañará para siempre.

Uno puede experimentar, sin embargo, muchos momentos felices a lo largo de su vida. Fruto del azar, en ocasiones. O merecido premio como consecuencia del esfuerzo y la constancia. Instantes que te hacen sentir inmensamente afortunado. Unas veces suponen pequeños paréntesis en la habitual desolación de muchos. Otras, se repiten con enorme frecuencia haciéndonos creer que el mundo es un continuo parque de atracciones hasta que, tarde o temprano, descubrimos la verdad.

En lo que a mí respecta, solo puedo sentirme un tipo agraciado. He tenido la suerte de disfrutar de sucesos extraordinarios de manera periódica a lo largo de mis treinta y ocho años. Truncados, eso sí, por irreparables pérdidas. Pero mentiría si dijera que no he conocido el placer, el embrujo y el delirio más absolutos. Crecí en el seno de una familia maravillosa en la que aprendí a valorar la grandeza de los pequeños detalles, la importancia de ser generoso, la obligación de tender la mano al que más lo necesita. Cursé los estudios de Periodismo y acabé trabajando en aquello que soñaba desde niño. Siempre me han rodeado los amigos más fieles. Me casé con una mujer que cada día me entrega lo mejor de sí y a la que le debo seguir estando vivo. He viajado por medio mundo, he probado deliciosos manjares, he tenido a mis ídolos frente a frente, he amado con total entrega, he follado sin freno, he sentido el éxtasis del teatro, el goce de la música, la pasión de la pintura. No. No puedo sentirme desdichado.

-¿Dígame?

-Hola mamá…

-¿Hola mamá? ¡Tendréis valor! Me llamas ahora cuando teníais el médico a las seis. Te he llamado mil veces. Ya me dijo tu hermana que estabais en el cine. ¿Qué os han dicho?

-¿Mamá?

-Hijo, ¿qué pasa? ¿Estás llorando?

-Sí mamá. Es que no hemos ido al cine. Era una excusa para que no os preocupaseis de que no cogiéramos el teléfono. Es que...

-Pero, ¿qué sucede?

-Que...uff...mamá...ya eres abuela de nuevo. Ya ha nacido la niña.

-¿De veras? ¿No será una de tus bromas?

-Te lo juro. Acabamos de subir a la habitación.

-¡Ay Juan!, ahora la que estoy llorando soy yo. ¡Qué alegría!

Nuestra primera hija nació a las once horas y treinta y cinco minutos de la noche del cinco de diciembre del año 2011, seis días antes de la fecha que los médicos habían pronosticado, y pesó dos kilos y novecientos gramos. Su alumbramiento fue, sin lugar a dudas, la mayor satisfacción de mi vida. De nuestras vidas. La llegada de Belén acabó de un plumazo con todos los problemas que, aunque no desaparecieron, dejaron de agobiarnos como hasta ahora. Disfrutar de aquel bebé, atenderle y cuidarle pasó a ser nuestra principal prioridad. Y la de toda la familia. Fue el bálsamo frente a cualquier preocupación.

Durante esa madrugada no logramos dormir ni dos horas seguidas. Las enfermeras no paraban de entrar a ayudar a Raquel, muy incómoda después de la cesárea, la pequeña lloraba continuamente, lo cual nos tenía preocupadísimos como padres primerizos que éramos, y la emoción del momento tampoco nos dejaba relajarnos. Sin embargo, al llegar la mañana tenía la sensación de estar completamente descansado, como si la satisfacción que sentía me hubiese dado la energía que necesitaba para afrontar la jornada que venía por delante.

Las vistas desde la habitación quinientos cuatro del hospital de El Rosario eran inmejorables, con el cielo completamente despejado de nubes e iluminado por un sol radiante. Al correr la cortina, aquella tonalidad azul me pareció deslumbrante. Recuerdo que miré a mis dos mujeres, volví a observar el paisaje que tenía frente a mis ojos, y respiré hondo mientras me sentía inmensamente feliz. Como nunca antes. La ventana daba a la calle Príncipe de Vergara, habitualmente atestada de coches pero despejada entonces al celebrarse la festividad de la Constitución. La poca gente que caminaba por ella a esas horas parecía diminuta. Desde ahora diciembre siempre será un gran mes, pensé. Sobre las diez empezaron a desfilar por allí familiares y amigos.

Cuando mis padres entraron por la puerta, volví a sentir un nudo en la garganta. Me temblaba el cuerpo. Hasta entonces había creído que nunca nada de lo que hiciese les devolvería ni una mínima parte de todo lo que ellos me habían dado. Desde adolescente, además, pesaba sobre mí una enorme culpa por las innumerables veces que les había defraudado. Pero ahora sabía que podía ofrecerles el mejor de los regalos, algo que solo les aportaría incontables alegrías. Belén era mi particular ajuste de cuentas con ellos. La redención a mis malas acciones. Por una vez, sabía que se sentirían orgullosos de mí. Llevaba meses imaginando este momento.

-¿A que es preciosa?

-Sí lo es. Mucho. No parece que tenga unas horas. Pero ya lo has dicho veinte veces. No está bien que lo repitas tanto. Eres su padre.

-¿No es increíble?

-¿El qué?

-El hecho de que sea padre. Hace no mucho estaba en tu casa, peleándonos para que recogiese mi habitación, abriendo la nevera a escondidas para tomar chocolate sin que me vieras, haciendo fiestas cada vez que os ibais de viaje… parece que fue ayer.

-Tú lo has dicho. El tiempo pasa muy rápido. Ahora tienes una gran responsabilidad. Y debes dar ejemplo a tu hija. Cuando pienses en hacer algo malo, recuérdalo.

Mi madre falleció dos días antes del primer cumpleaños de la niña. No pudo disfrutar de sus primeros pasos. Ni vio convertirse en pelo, como tanto ansiaba, aquella pelusilla rubia que cubría la cabeza de la pequeña. Ni escuchó pronunciar sus primeras palabras. Trescientos cincuenta y cuadro días después de aquella mañana en la que pensé que ése siempre sería un gran mes, tuve la certeza de que la felicidad es una infinita mentira. Y supe que diciembre es el tiempo parar llorar las ausencias y abrazar a la tristeza.

19

Cuando el

espíritu

se desvanece,

aparece

la

forma.

(Charles Bukowski)

Se llamaba Número 19. O, simplemente, 19. Cuando fue creado, el artista había abandonado la idea de titular sus cuadros. Buscaba que el espectador no tuviese ninguna influencia, ningún concepto preconcebido, a la hora de contemplar sus pinturas. Así que dejó de nombrarlas para que nada alterase la visión neutra del observador. Lo que se desconoce es el motivo de la elección de cada número, ya que no siguieron un orden cronológico. Éste databa de 1948 mientras que, por ejemplo, el Número 3 lo creó un año después. La obra, de metro y medio de ancho por uno de alto, era puro Jackson Pollock, excelente ejemplo de su particular estilo de goteo sobre el lienzo. Una mezcla de plata, negro, blanco, rojo y verde reflejo del mejor expresionismo abstracto.

-¿Y dices que es el verdadero?

-Eso creo. Rezo para que lo sea. Ya te he dicho que todas mis esperanzas están en él.

-¿Y cómo llegó a ti?

-Igual que todos los cuadros que tengo. Gracias a mi tío Miguel. Él heredó la gran pasión de mi abuelo. Decía que el dinero y las propiedades pueden perder todo su valor, pero que el arte siempre cotizará al alza. Se gastó cantidades ingentes en obras de todo tipo de artistas y estilos. Miró, Picasso, Dalí, Sorolla,...No te haces una idea. Fue uno de los mayores coleccionistas privados de España.

-Sabía que le encantaba la pintura pero no que fuera hasta ese punto. Siempre te regalaba alguna obra en tu cumpleaños.

-Eso es. Cada vez que tenía ocasión, regalaba a familiares y amigos un óleo, algún dibujo, una acuarela. Ésta casa está llena. Los has visto miles de veces. La mayoría son trabajos de artistas españoles modernos poco conocidos para el gran público. Como Lorenzo Lara.

-También hay algún extranjero de renombre, ¿no? El graffiti enmarcado del salón es de Banksy.

-Así es. Aquí hay muchos cuadros. Dieciséis exactamente, todos con un valor entre los tres y los veinte mil euros.

-¡No está mal! Mucho dinero que ahora te vendría genial.

-Tú lo has dicho. Mi idea, de aquí a un mes, era tener vendida la mayoría. La verdad es que no me importaba deshacerme de ellos. Siempre los he visto como regalos que han cumplido una mera función decorativa. Desde que mi tío murió, además, me entristece contemplarlos.

-Hablas en pasado. ¿Es que ya no los vas a vender?

-Ahí voy. Deja que siga. Yo nunca investigué la historia de los autores que decoraban mis paredes, ni de sus trabajos, ni cuánto podían costar éstos. Siempre he sido un arrogante e inculto niño de papá al que el valor de las cosas se la resbalaba.

-Tampoco hace falta que te flageles.

-No, no. Es así. He sido durante años un completo gilipollas. Vivía rodeado de pinturas sin saber nada de ellas. El caso es que hace una semana hice inventario de mis posesiones para vender todas las posibles e investigué sobre ellas. Y quedé asustado de lo que tenía entre manos. ¿Lo ves?

-¿Te refieres al Número 19?

-Eso es. El 19. La *zorra* de mi tía heredó toda la colección menos esta obra de Pollock, que fue para mí.

-¿Y por qué para ti?

- Eso dije cuando me enteré, pero luego lo entendí. Miguel, a pesar de su empeño, nunca logró transmitir a nadie su amor por la pintura. Ni siquiera a su esposa. En mi familia creían que sus adquisiciones eran un despilfarro absurdo. Llegaron a pensar que se había vuelto loco. Mis padres tuvieron muchas desavenencias con él por este asunto. Yo, sin embargo, le respetaba e incluso trataba de entenderle. Quizá por eso me adoraba y nos llevábamos genial. Era lo más parecido al hijo que nunca tuvo.

-Eso sí lo sabía.

-Cuando hace un año falleció, a todo el mundo le sorprendió que en el testamento especificase que este lienzo fuera para su sobrino mayor. No veas el revuelo que se armó.

-¿Por? ¿Tanto vale?

-No es que fuera una cuestión económica. Al parecer se trata de la primera pintura que adquirió mi abuelo. Tenía un enorme componente sentimental. Mi madre no entendía que la primera obra de la colección de su padre, a la que por otra parte no había prestado nunca el más mínimo interés, fuese para su hijo y no para ella.

-¿Y qué pasó?

-Pues que al final me la quedé a regañadientes. Pensé incluso en renunciar pero no lo admitió. No creas que me ilusionaba quedarme con algo que me recordaba que mi tío estaba muerto y que a mi madre le hubiera gustado tener como recuerdo. Así que aquí lleva desde entonces, en esta buhardilla.

-Y ahora te da remordimiento que se venda.

-¿Remordimiento? Ninguno, querido. Más sabiendo lo que sé. Nada hay peor que la ignorancia.

-No puedo estar más de acuerdo. Pero necesito que te expliques mejor.

-Yo pensaba que esto valdría, no sé, cincuenta mil euros. Igual algo más. Pensaba reunir todas mis obras e intentar sacar el mayor rédito por ellas. Pero casi me da un pasmo cuando descubrí lo que me pueden pagar únicamente por el Número 19. Dime una cifra.

-No sé. Dilo tú. No tengo ni idea.

-Veinticinco.

-¿Veinticinco mil?

-¡Veinticinco millones!

-¿Millones? ¿De qué? ¿De pesetas? ¿Ciento cincuenta mil euros?

-¡De euros! Tienes delante veinticinco millones de euros. Así que reza conmigo para que no sea falso.

La crónica de cómo Matías de Tejada había comprado aquel lienzo resultaba fascinante, aunque la única forma de saber si era cierta pasaba por comprobar la veracidad de la autoría del mismo. El relato no dejaba de ser una historia familiar transmitida de boca en boca, que nadie en definitiva había vivido en primera persona. Peggy Guggenheim, una de las grandes mecenas del pasado siglo, había llegado de Francia a Nueva York en 1941 huyendo de los nazis, donde abrió su famosa galería poco después. Un espacio donde se dedicó a descubrir nuevos talentos a los que catapultó a la fama. Y fue, precisamente, en esa búsqueda de jóvenes valores cuando se topó con Pollock de una manera, cuanto menos, peculiar. La millonaria había publicado en una revista de la época, en 1943, un anuncio para que cualquier artista norteamericano menor de treinta y cinco años presentase sus trabajos para ser valorados por un jurado. Al parecer, a ella en un principio no le convencía la propuesta de aquel pintor, pero fue su entorno el que la hizo ver que estaba ante alguien llamado a ser una estrella. Meses después, el de Wyoming era ya uno de los autores más reclamados en Manhattan.

El Arte de Este Siglo, como se llamaba la galería, apenas estuvo abierta cinco años. Un periodo breve pero suficiente para lograr una fama que aún perdura. No únicamente por las propuestas artísticas que allí se brindaban por el día sino también, y quizá más por lo segundo que por lo primero, debido a las fiestas que se organizaban cada noche. Auténticas juergas salvajes en las que participaban hombres y mujeres adinerados cuyo denominador común era haber huido de los conflictos bélicos que asolaban Europa. Uno de ellos, el abuelo de Alfonso, que en 1947 ya había amasado una importante fortuna en México. Su primer viaje a la Gran Manzana, en mayo de aquel año, tenía únicamente como objetivo encontrase con un amigo al que hacía una década que no veía: el novelista Ramón J. Sender, que ejercía allí de profesor de Literatura. Lo que nadie conoce es cómo en esa visita logró ser invitado a uno de esos guateques donde conoció a Peggy, una leyenda que le introdujo en un mundo que le cautivó para siempre.

El entusiasmo con el que aquella mujer hablaba de la obra Jackson Pollock fue, precisamente, lo que hizo a Matías obsesionarse por conseguir uno de sus cuadros. Sin embargo, su popularidad era ya tal que la producción que hacía no lograba cubrir la demanda que tenía. Hubo de esperar a finales de 1948 para hacerse con el Número 19, tras acudir hasta en dos ocasiones a la casa del artista, un tipo huraño muy aficionado a la bebida, en la costa sur de Long Island para tratar de convencerle. El precio que pagó fue de novecientos dólares. A pesar de su notoriedad, ninguna de sus obras llegó en vida a venderse por más de mil. Paradójicamente, la cotización de sus creaciones subiría como la espuma tras su fallecimiento en un accidente automovilístico bajo los efectos del alcohol el once de agosto de 1956.

-La cuestión es que pueden pasar meses, igual un año, hasta que se certifique su autenticidad. ¿Te suena Christie's?

-¿La casa de subastas más importante del mundo? ¿Quién no la conoce?

-Ellos se encargan de todo. Han investigado y no hay nadie que tenga registrada esta obra. La historia les parece verosímil. Pero para asegurarse de que es el original hay un proceso científico muy largo en el que deben participar varios expertos internacionales.

-¿Y mientras?

-Mientras hay que esperar. Ellos pagan todo el coste de la investigación y, en caso de ser auténtica, se encargarán de subastar la pieza. Una vez adjudicada, se quedarían el veinte por ciento.

-No está mal.

-Nada mal, aunque es lo que menos me importa. Si es el cuadro verdadero, su precio de salida ronda, como ya conoces, los veinticinco millones de euros.

-Mi pregunta es qué vas a hacer ahora. Has dicho que igual puede pasar un año.

-Efectivamente. Incluso, hasta que se venda, podrían ser dos.

-¡Pero queda un mes para que dejes este piso! No hay tiempo.

-Eso no es problema. Tengo algo de ahorros para ir aguantando. Me iré mientras de alquiler a otro sitio. La gran noticia es que ya no necesito vender mis cosas.

-¿Y si resulta que no estamos ante el 19 auténtico?

-¡No seas agonías! Eso es algo en lo que no quiero pensar. Confía en que lo es y que en breve tendrás un amigo millonario que compartirá contigo su fortuna.

-No espero menos de ti. Por cierto, una cosa más. ¿Le has comentado esto a alguien?

-A Luis. Únicamente a él.

-¿A mi primo Luis? ¡Qué cabrón, no me ha dicho nada!

-Le dije que no te lo dijera. Fue la persona que me puso en contacto con Christie's. Pensé en él porque tiene muy buenos contactos. Solo le bastó hacer varias llamadas hasta conseguir lo que necesitaba.

-¿Varias llamadas? ¿Quieres decir que lo sabe más gente? ¿Te estás dando cuenta de lo que puede ocurrir?

-No. No veo motivo para ponerse nervioso.

-¡Joder!, pues yo sí. ¿Sabes a cuántas personas ha podido contar mi primo que tienes un cuadro que igual vale millones? ¿Tres, cuatro, cinco? ¿Y si éstas se lo hubieran contado a más gente?

-Me parece que has visto muchas películas.

-Y yo creo que no sabes el peligro que corres estando aquí. ¿Piensas que varias alarmas y una puerta blindada van a impedir que alguien intente robar una joya como ésta? Además, conoces perfectamente a mi primo. Si te dijo que habló con varias personas ha podido contárselo a media humanidad.

-¿Y qué coño quieres que haga? ¿Me compro una pistola y me paso cinco días custodiando el cuadro hasta que los expertos vengan a por él?

-Está claro que tienes que sacarlo de aquí. No puede seguir estando en este lugar. Igual es una paranoia mía. Pero no veo la necesidad de poner en peligro tu vida ni de que puedas perder la llave de tu futuro. Hay que custodiarlo en otro sitio. El riego es altísimo.

-Visto de esa manera…¡Ahora sí que has conseguido acojonarme! Dime entonces qué hago.

-Confía en mí. Conozco el sitio perfecto para ponerlo a salvo. ¿Te acuerdas de mi amigo el ex periodista?

PLATOS SIN ALMA

Chisporrotea

en el aceite

hirviendo

la alegría

del mundo.

(Pablo Neruda)

Vivíamos a escasos metros del mercado de abastos de Las Ventas, uno de los espacios esenciales del barrio junto con la plaza de toros. Su interior albergaba cientos de puestos de frutas, carnes y pescados en los que se vendía el mejor género que podía adquirirse en aquel Madrid que vivía sus primeros años de democracia. Los vendedores anunciaban a gritos sus productos, cuya oferta se renovaba a diario, produciendo un bullicio ensordecedor en un laberinto de pasillos que solía estar abarrotado de gente a todas horas. Su clientela era de lo más variopinta, desde amas de casa que llenaban hasta arriba sus carros, a dueños de restaurantes que buscaban los ingredientes más frescos para su cocina diaria, o jubilados que pasaban jornadas enteras observando las escenas que iban sucediéndose en cada uno de sus rincones.

-Chaval, ¿sabes cuál es la ciudad dónde tienen el mejor *pescao* de España? No es Valencia, ni Barcelona, ni Coruña. Ninguna de ellas.

-No tengo ni idea, la verdad.

-Dale a la cabeza, que para eso vas al colegio. Es una que no tiene puerto, pero a la que llega lo mejor de todas partes.

-No caigo.

-La capital, chico. ¡La capital!

-Ah, claro, Madrid.

-Efectivamente. En esta ciudad tenemos las mayores delicias del mar. ¿Y sabes dónde se compra lo mejor de lo mejor, la canela fina?

-No sé. Eh…

-Pues aquí, ¿dónde va a ser? En el puesto *del Marcial*. ¿Cuántos años tienes? ¿Once?

-Diez.

-¿Diez años viniendo con tu madre a comprarme y todavía dudas de cuál es el mejor género del *mercao*? Anda que ella no tiene buen ojo. Mira, mira. ¡Qué boquerones!, ¡qué gallo!, ¡qué lenguado!

-¿Y no te da asco cómo huelen?

-Ya estoy *acostumbrao*. ¡Y lo bien que sabe cuando te lo comes!, ¿eh?

-Eso sí.

-Ale, ya está lista la merluza, ¿quiere usted algo más, señora?

Marcial Mosqueira, trabajador infatigable y hombre fuerte como un roble, tenía uno de los puestos más antiguos. Hijo de emigrantes vigueses, no había conocido otro oficio que ése, cuando con dieciséis años comenzó a ayudar a su padre, que había iniciado aquel negocio a mediados de los años cuarenta. Su principal reclamo es que lo que vendía iba directamente del mar a la mesa. Eso rezaba el lema del cartel luminoso que daba la bienvenida a su comercio. Cada jornada se levantaba a las cinco de la mañana para acudir a Mercamadrid, el gran *puerto de mar* de la ciudad, y hacerse con los productos que pensaba vender ese día. Una vez en su lugar de trabajo, se dedicaba a preparar el hielo, las neveras y a dejar sus expositores impolutos. Después colocaba con mimo sus pescados y mariscos, tan frescos que algunos parecían estar vivos. Un ritual que solía durar varias horas para, a las diez en punto, abrir las persianas y comenzar a recibir a la clientela.

El suyo no era, ni mucho menos, el establecimiento más grande del mercado. Había propuestas mucho más modernas que ocupaban el triple de superficie, con paredes de azulejos brillantes, decoradas con utensilios de pescar e, incluso, dispensadores para coger la vez. Pero ninguna tenía colas tan largas como aquellas. Era, sin duda, la pescadería predilecta de los vecinos de Las Ventas. Al llegar, se pedía turno de viva voz produciéndose en ocasiones acaloradas discusiones entre los compradores acerca de quién iba antes en la fila. Y no menos divertido era disfrutar de las charlas que tenían lugar durante la espera entre la clientela. Los debates sobre asuntos como la incorporación de las mujeres a la Guardia Civil, que muchas entonces veían como un verdadero escándalo, la supremacía de la Quinta del Buitre en la liga, o si los ganadores habían hecho bien o no al aceptar cambiar el coche por el premio que les había ofrecido la presentadora del concurso televisivo *Un, Dos, Tres* la noche anterior eran, sin género de duda, mucho más divertidos que los de cualquier bar.

Otro clásico del lugar era la carnicería de Nicolás Martínez, al que todos apodaban *el cojo* debido a la forma que tenía de andar. Se movía bandeándose de un lado a otro, como dando saltitos, desde que siendo un chaval fue cogido en uno de los encierros de Pamplona. Hijo de ganaderos, decía con sorna que los toros eran su sino desde que nació y que, apasionado como pocos a la tauromaquia, su mayor felicidad era trabajar al lado de la plaza. Las paredes de su tienda estaban empapeladas con las fotografías de Antoñete, Espartaco, Campuzano, o Joselito. Toreros de la época que compartían espacio con Futre, Salinas, o Abel Resino, estrellas del Atlético de Madrid, su otra gran pasión.

-Si tuvieras que elegir entre toros o fútbol, ¿con qué te quedas, Nico?

-¡Qué *jodío*, el niño! ¿Y para qué elegir?, digo yo.

-No sé. Imagina que coincide un Atlético-Real Madrid con la mejor faena de San Isidro.

-Eso es ponerle mucha imaginación. ¡Nunca va a pasar! Sería una ruina para el país. Si sucediera me planto en la Moncloa y protesto delante del mismo Felipe.

-¿Y por qué eres del *Atleti* si nunca ganáis nada?

-Nada, nada, no. Hace dos años ganamos la Copa gracias a Hugo Sánchez, que luego nos robasteis. Y algún año volveremos a ganar la Liga, ya verás.

-Lo que no se puede es cambiar a los entrenadores así. La temporada pasada tuvisteis tres y ésta te digo yo que Menotti no llega a Semana Santa.

-Ahí les has *dao*. Hay que tener confianza para armar un buen equipo y no la tenemos.

-¿Y tú por qué eres del Madrid?

-Porque son los mejores.

-¡Anda con la respuesta! Eso lo dicen todos, que su equipo es el mejor. Pero quédate con esto: uno es del club del que siempre ha sido su padre o del sitio donde ha nacido. ¿Tú conoces a un madrileño del Sevilla? ¿Te imaginas a un chico del Bilbao cuyo padre sea del Cádiz? ¿A que no?

-Hombre. Nunca lo había pensado.

-Mírame a mí. Rojiblanco, como mi padre y como mi abuelo. Todos nacidos aquí, *gatos* de pura cepa.

Adoraba acudir al mercado con mi madre pero, ciertamente, no menos que ver cómo preparaba los ingredientes que juntos habíamos comprado. Podía pasarme la mañana del sábado subido a un taburete observando cada uno de los pasos con los que, con la precisión de un orfebre, iba materializando sus recetas. El resultado era siempre un regalo al paladar, aunque la estrella de todas sus elaboraciones eran los chipirones en salsa. Un manjar aclamado por todos en mi casa. Primero los limpiaba, quitándoles las tripas. Eso era lo más engorroso. Siempre lo enfatizaba. Mientras lo hacía, elaboraba a su vez una salsa a base de almendras machacadas con el mortero y aceite de oliva que se iba reduciendo a fuego lento durante horas. Después cortaba suavemente taquitos de jamón, de la pata que solíamos tener en la cocina y que los abuelos nos enviaban del pueblo asiduamente, y pequeños trozos de huevo duro. Con eso los iba rellenado uno a uno, para acabar enharinándolos. Finalmente, los cocinaba mezclándolos en la salsa hasta lograr un resultado maravilloso. Aquella maestría en la cocina hacía que, igual que ésta, tuviese otras propuestas por las que sentíamos verdadera predilección. Preparaba una ensaladilla rusa con una textura tan suave que se deshacía en la boca, lograba darle el punto justo a un arroz caldoso con conejo que resultaba sabrosísimo, sus guisos de carne con patatas eran intensos y a la vez melosos, sus sopas tenían un olor y una cremosidad únicas. E inventaba fórmulas sencillamente sublimes, como las chuletitas de cordero lechal empanadas o el rabo de toro con chocolate.

-Juan Carlos, quería llevarme un conejo.

-Muy bien, ¿te lo troceo?

-Si te digo la verdad, es la primera vez que lo compro. Nunca he cocinado uno. Mi madre, que en paz descanse, los compraba en el mercado de Ventas y los hacía fritos. Sabían a gloria.

-Como aquellos, éstos no son. Ya te lo digo. Eso era algo exquisito. Pero si me haces caso, ya verás qué rico sale. Es muy fácil. Pones una sartén grande con un buen chorro de aceite de oliva. Cuando esté hirviendo, echas los trozos a freír. Poco a poco, muy lentamente, que luego se queman y necesitan mucho más tiempo que el pollo para hacerse bien. ¿Entiendes?

-Sí, claro.

-Y ahora va el truco. Una vez se empiece a dorar, le pones unos dientes de ajo. Al final. Cuando casi esté listo. No los eches al principio que, como te digo, tarda bastante en hacerse y se terminan quemando.

-¿Ya está?

-Así de fácil. Eso sí, no sueñes con que te quede como aquellos que tomabas de pequeño.

-Ahora son todos de criaderos, ¿no?

-Aunque fueran cazados esta mañana y tú fueras el Ferrán Adriá ése, te faltaría un ingrediente esencial.

-Creo que sé por dónde vas.

-Hay algo que no se puede sustituir ni con dinero, ni con talento. Nada que pruebes te va a saber igual porque a cualquier plato que hagas, a cualquier cosa que comas, le faltará el alma con que cocinaban nuestras madres.

TALENTO SIN PROVECHO

Aunque se sufra como un perro, no hay mejor oficio que el periodismo.

(Gabriel García Márquez)

Lucas Antón era uno de los mejores profesionales que había conocido en el mundo del periodismo. Poseía una extraordinaria intuición para adelantarse a los hechos que iban a ocurrir, tenía las mejores fuentes, contaba con una agudeza como pocos a la hora de desarrollar la noticia, su estilo de escribir era vivísimo, rompedor y heterodoxo, y dominaba casi todos los ámbitos, del deporte a la política. En su época de estudiante había pasado largas estancias en Londres y Berlín lo que, junto a su avidez por la lectura, le hacía poseedor de una vastísima cultura y un dominio extraordinario del inglés y el alemán. Al igual que yo, había terminado la carrera en 1999 aunque en distinta universidad. Una vez licenciados, tampoco coincidimos en ninguna redacción. Yo desarrollaba mi labor en la radio, mientras que él siempre trabajó en la prensa escrita. Eso sí, solíamos vernos asiduamente en los actos que ambos íbamos a cubrir. Encuentros en los que, al igual que otros compañeros, aprovechaba para felicitarle por el artículo que aparecía publicado con su firma ese día en el periódico. Su dominio de la pluma nos resultaba a todos asombroso.

Su decisión de abandonar el oficio, debido a esa maestría con la que lo ejercía, cayó como un jarro de agua fría entre la profesión. Sobre todo, entre los jóvenes que soñábamos con hacernos un hueco en ella. Lo que en principio pareció un mero rumor que corrió como la pólvora de medio en medio, tardó solo unas horas en confirmarse la mañana del quince de febrero de 2005. Antón tiraba la toalla tras seis años lidiando, a pesar de su enorme valía, con contratos temporales, sueldos ínfimos, jefes ineptos e, incluso, la censura en algunos de sus textos. Condiciones que habían acabado por mermar toda ilusión por ejercer la profesión que amaba.

Aquella determinación me dejó absolutamente tocado. Si un profesional como él no tenía cabida en el sector, ¿qué sería del resto? Pasé el día dando vueltas al asunto y, nada más terminar la jornada, lo primero que hice fue llamarle. Confiaba en que la suya fuera una decisión temporal fruto de un enfado pasajero. Sin embargo, muy a mi pesar comprobé que su postura era definitiva y estaba más que meditada. No había marcha atrás. Nuestro encuentro en el Café Central una semana después no pudo ser más decepcionante.

-Nadie es imprescindible. ¿No te das cuenta? Irremplazables son Umbral o Haro Tecglen. El día que falten será una pérdida irreparable. Pero yo no soy nadie. Escribo crónicas aceptables. Es algo que pueden hacer otros perfectamente. Nadie se acordará de mí mañana. Igual que tú en la radio. Mañana viene otro, te sustituye y, ¿qué crees? ¿Va a salir la gente a manifestarse a la Puerta del Sol?

-¡No me jodas! Ya sé que tú no eres Maruja Torres ni yo Gabilondo. Pero sabes perfectamente que en poco tiempo te has ganado una legión de seguidores y que tienes un estilo brillante. No eres Millás ni Javier Marías, pero lo que escribes es cojonudo. Y lo sabes.

-Peor me lo pones. Según tú soy un genio. Eso sí, un genio que no llega a fin de mes, al que le retocan los textos cada vez que a su responsable de sección le sale de las pelotas, y que no ha tenido un contrato indefinido en su vida.

-¡Todos estamos igual!

-¿Y eso te consuela?

- Para nada! Solo espero que algún día cambie la cosa.

-Eso esperaba yo. Pero así llevo demasiado tiempo. Dentro de un año cumplo los treinta y no puedo tener un futuro más incierto. Así no se puede seguir. Necesito estabilidad.

-Sí, sí. Te entiendo. Y creo que hay que tener muchos huevos para hacer lo que has hecho tú. ¡La profesión está hecha una mierda!

-Peor, imposible. Dejo el periódico, al parecer se entera todo el mundo, ¿y sabes cuánta gente me ha llamado?

-¿Pocos?

-Tú y diez más a lo sumo en siete días.

-¿Solo?

-Así es. No hay tantos decepcionados como crees. Y lo que es peor, ¿sabes cuántos compañeros de mi propia redacción me han dado su apoyo?

-No me asustes.

-María Chillón, Ana Quirós y Jorge Moreno. María promovió una carta de apoyo entre la plantilla pidiendo mi regreso y logró tres firmas. Tres. También lo entiendo.

Hay mucho miedo a represalias. Luego he tenido alguna llamada, varios emails, mensajes de teléfono…por supuesto, ninguno de los jefes.

-Me dejas a cuadros. ¿Y Marcos Romero?

-No sé nada de él.

-¡Qué cabrón! Si era *un pelota* contigo.

-Pues ya ves. ¿Y sabes lo más gracioso? Estos días me han llamado de varios medios de la competencia. La mayoría solo quería conocer las miserias del periódico. Pero alguno me tiró *los tejos*. ¡Ahora!

-Ya me lo has dicho antes. No sé cómo no te has plateado trabajar en uno de ellos.

-Es muy tarde. He perdido la ilusión. Conozco todas las miserias del periodismo y me apetece empezar una nueva etapa desde cero. Ahora no tengo cargas y me lo puedo permitir.

-En fin. Ya veo que no hay vuelta de hoja. ¡Brindemos entonces por tu nuevo futuro!

El adiós de Lucas provocó que la prensa se quedase sin una estrella en ciernes pero a mí me hizo ganar un buen amigo. Mi sincera aflicción por su marcha del mundo de la información le suscitó entonces una empatía hacia mí que fue creciendo con el tiempo. En pocas semanas pasamos de ser meros conocidos que hablaban de asuntos de trabajo, a leales camaradas que se contaban sus secretos. Nuestros encuentros de los jueves en algún café del centro se acabaron convirtiendo en una rutina que duró varios años. Citas que fueron dilatándose cada vez más a medida que su empresa de mudanzas y guardamuebles iba consolidándose. A finales del verano de aquel año, el ex redactor ya había puesto en marcha junto a otros dos socios, Jorge Piña y Carlos Tejedo, el que sería el negocio de su vida. La idea era hacer transportes de enseres por todo el país ofreciendo, además, un servicio de custodia en trasteros y cajas fuertes. Piña había heredado recientemente varias naves industriales en el extrarradio y Tejedo, que había trabajado toda su vida en el sector del automóvil, tenía fácil acceso a la compra de furgonetas a buen precio. A los tres, amigos desde niños, les unía la frustración de llevar más de un lustro en un puesto laboral que, por unas causas o por otras, habían acabado odiando. Puede decirse que estaban destinados, tarde o temprano, a unir sus caminos en un proyecto común. Lo que ni ellos mismos imaginaban es que les fuera a ir tan bien.

Conocedores del enorme coste que tenía trasladar los muebles de una casa a otra en una mudanza y de la mala atención que daban a los clientes algunas compañías del sector, pusieron desde el principio su empeño en ofrecer precios competitivos, amabilidad con el cliente, y el máximo celo en el cuidado de lo que se iba a transportar. Su otra faceta consistía en dar cabida en trasteros a cualquier tipo de objetos, incluidas piezas de gran valor, guardadas éstas en habitáculos herméticos y vigilados por agentes privados las veinticuatro horas en un lugar al que ningún medio de comunicación ha tenido jamás acceso. Una idea de gran éxito desde su origen, al ser un sistema de protección más económico que el de las cámaras acorazadas de los bancos, igual de seguro y en el que caben propiedades de mayor envergadura.

Sobre lo que ese espacio alberga mi amigo fue desde su puesta en marcha una tumba, pero siempre ha habido rumores por toda la ciudad acerca de que en su interior existen joyas de un valor incalculable, cantidades ingentes de dinero e, incluso, grandes obras de arte. Realidad o leyenda urbana, lo que nadie ha conocido nunca es su ubicación. Por motivos evidentes, los clientes entran y salen de allí en los mismos furgones blindados en los que se trasladan sus objetos, sin vistas al exterior y sin posibilidad de llevar consigo teléfonos móviles. Una vez hecho el depósito, son llevados del mismo modo al lugar de origen.

-En este momento me encuentro disfrutando de un delicioso mojito frente a una playa de ensueño. Cuando oiga *pi*, deje su mensaje.

-Querido Lucas, cada vez te sale peor tu broma del contestador. ¡Menos mal que me lo has cogido!

-Lo de que estoy con un mojito viendo la luna en una terraza frente a la playa es verdad, ¿eh? ¿Cómo va ese verano de Rodríguez?

-No tan bien como tú en Cádiz. Eso seguro. Oye, te soy sincero. Llamo algo apurado para pedirte un favor.

-Habla.

-¿Te acuerdas de la casa de Alfonso González?

-Hombre, como para olvidarla. He visto pocos pisos con esa ubicación.

-Vale, pues estoy con él aquí y necesito que me mandes a alguien con un vehículo para trasladar una cosa.

-¿Cuándo lo necesitas?

-Ahora.

-¿Ahora? ¿Un domingo a las diez de la noche en pleno agosto?

-Es vital. No te hubiera llamado en caso de no serlo. Necesito que custodiéis un cuadro muy valioso hasta el viernes. Y hay que sacarlo de aquí cuanto antes. No sé si estamos en serio peligro.

-¿Y qué tenéis, *un Goya* por lo menos?

-Un *Jackson Pollock*.

-¿Me tomas el pelo?

-Te juro que no.

-Pues, si es en serio, no hay tiempo que perder.

-Luego te cuento la historia pero ahora necesito tu ayuda.

-San Quintín, ¿qué?

-Diez.

-Muy bien. En media hora tienes allí un vehículo blindado.

Tuvimos los minutos justos para cubrir el Número 19 con sábanas y guardarlo en una caja de una televisión de setenta pulgadas que estaba apilada en la buhardilla y que tenía las medidas exactas para nuestro cometido. Embalar algo que valía tantos millones de esa forma era un sacrilegio e incluso pudimos poner en riesgo el cuadro, pero era lo único de lo que disponíamos para no salir a la calle con él sin ninguna protección y los nervios no nos dejaban pensar. El telefonillo sonó minutos antes de las once.

-¿Juan?

-¿Sí?

-Vengo de parte de Lucas Antón.

-¿Bajamos?

-No se les ocurra. Abra y espérenme arriba. Tienen suerte de que esta zona esté tomada siempre por la Policía. Y de que yo haya llegado. Unos minutos más e igual sería tarde.

PINOS PUENTE

Muy lejos de la orilla,

solitario y perdido en el crepúsculo,

me adentraba en el mar

sintiendo la inquietud que me conmueve

al adentrarme en un poema

o en una noche larga de amor desconocido.

(Luis García Montero)

Debía de tener siete u ocho años pero recuerdo la escena como si acabara de suceder. Los gritos llegaban hasta el otro lado de la carretera. A pesar de las súplicas de sus hijos, era imposible calmarla. ¡No puede ser! ¡Eso es un sacrilegio!, repetía una y otra vez. Rogaba que no se volviera a usar así ese nombre en su presencia, santiguándose repetidamente como si pidiese perdón al cielo por algo. Nosotros observábamos desde fuera de la casa sin que yo entendiera nada del revuelo que se había montando. Tuvo incluso que venir el médico ante el temor de mis tíos a que pudiera ser necesaria su intervención. Aunque cuando le vio entrar increpó a todos por el hecho de haber llamado a Don Tomás y no al párroco. ¡Aquí lo que hace falta es el sacerdote para que hable con los niños!, decía. Entre todos trataban de hacerla entender que aquello no era más que una cosa de críos, algo sin importancia que no se merecía el haber montado en cólera de ese modo. Pero para la abuela era una blasfemia inadmisible el que hubiéramos decidido llamar así a un animal. De hecho, solo el paso del tiempo sirvió para atemperar su monumental enfado con sus nietos.

La perra en cuestión, un chucho sin raza marrón claro con andares graciosísimos, había aparecido semanas atrás en el patio, probablemente al olor de los guisos que desde primera hora se cocinaban en aquellos fogones de carbón. Al principio venía de forma esporádica, con mucho sigilo, a saciar su hambre con los abundantes huesos de carne que se apartaban de las sobras expresamente para ella. Iba y volvía a su antojo, con cierta desconfianza, temerosa tal vez de ser reprendida por su presencia entre nosotros. Sin embargo, poco a poco fue cogiendo confianza gracias al afecto que toda la familia le dispensaba. Comenzó a pasar las horas tumbada al sol del jardín, a sentarse a nuestro lado para ser acariciada, a acompañarnos en nuestros paseos matutinos,... hasta que su estancia se hizo permanente y no volvió a marcharse.

-Primo, ¿digo yo que habrá que ponerle un nombre a la perra? Va a hacer un mes desde que está aquí.

-Tienes razón. Incluso la podríamos bautizar en el pilón. ¿Qué tal si la llamamos María? ¡Ven aquí, María! Oye, ¡me hace caso!

-¿María? ¿Te has vuelto loco?

- Sí, ¿qué pasa? María. Es un nombre de chica. No vamos a llamarle Francisco, digo yo.

-Pero es que María no es un nombre para un animal y además…además…

-Además, ¿qué? ¿Hay alguna regla que nos impida poner ese nombre?

-Hombre, regla no. Pero la abuela se va a cabrear. Y mucho.

-¿Cabrear?

-Sí, Juan. Es que…es que…

- Es que, ¿qué? No comprendo.

-Pues que María es el nombre de la Virgen. ¿No te das cuenta?

En aquel verano yo era un mocoso incapaz de comprender el alcance de mi decisión en el pueblo. Y más en esa época, donde la libertad y la apertura de la que se disfrutaba en ciudades como Madrid eran aún un sueño para las nuevas generaciones allí, donde las tradiciones eran inamovibles, la obediencia hacia las obligaciones religiosas era infinita, y el dominio del hombre sobre la mujer nadie se atrevía a discutir. Fuese como fuese, a pesar de la indignación y la incredulidad de algunos, no fueron pocos a los que mi decisión les pareció una osadía muy divertida. Incluido mi abuelo Antonio, que llamaba así a la nueva mascota cada vez que su mujer no le veía. Así que se quedó definitivamente con ese nombre, aceptado por la mayoría aunque fuera a escondidas.

Cuando llegaban las vacaciones pasábamos al menos la mitad de ellas en Pinos Puente, pueblo granadino de mi familia paterna y lugar esencial en la Historia con mayúsculas. Fue en el puente que le da su nombre cuando cinco siglos atrás, el diecisiete de abril de 1492, un emisario de los Reyes Católicos alcanzó a Cristóbal Colón para comunicarle que Isabel y Fernando apoyaban su idea de viajar a las Indias, justo cuando éste ya estaba convencido de que no lograría la ayuda para financiar su plan. Un encuentro, sin duda, crucial para el descubrimiento de América que el destino quiso que se produjera allí y no en otra parte. Muchos de los momentos más felices de mi niñez están ligados a aquel sitio mágico, lleno de acequias que bañan los campos de su inmensa vega, de gentes acogedoras que dan al viajero el sustento necesario para continuar el camino, de plazas empapadas de poesía y flamenco, y de un sol infinito que inunda cada uno de sus rincones.

El viaje hasta llegar era antaño toda una odisea. Cuatrocientos treinta y seis kilómetros, en su mayoría, por tramos de carreteras secundarias de un solo carril, curvas de vértigo y puertos de montaña como el de Despeñaperros, que atravesar resultaba una verdadera aventura. Y más en nuestro SEAT *Supermirafiori*, uno de los vehículos familiares más populares de la época, en el que íbamos atrás mis tres hermanas y yo como si fuéramos en una lata de sardinas. Raro era el trayecto en el que no vomitábamos todos en algún punto del camino. Mamá, de hecho, siempre llevaba bolsas para no tener que parar cada vez que alguien se sentía mareado. El recibimiento, eso sí, hacía que olvidásemos en un instante todas las incomodidades pasadas.

A nuestra llegada siempre nos estaban esperando, ansiosos por recibirnos, mis abuelos y mis tíos, Antonio y Maricruz. Desde el primer instante que pasábamos con ellos, teníamos la sensación de estar en nuestro propio hogar. Su generosidad, el cariño con el que nos trataban, el empeño que ponían para que disfrutásemos de cada momento, y su interés por aquello que nos afectaba, hacían que nos sintiéramos infinitamente queridos a su lado.

Mi abuelo se llamaba Antonio Vaquero Cid y su vida fue el mejor ejemplo de que la realidad siempre supera a la imaginación. Ningún novelista, ningún guionista de cine, hubiera sido capaz de inventar un personaje tan fascinante. Ante todo, fue un visionario que pudo ser uno de los hombres más ricos de su tierra de no ser por su honestidad brutal. Durante la guerra civil y en las décadas posteriores no permitió que ninguno de sus vecinos pasase hambre. No le importó arriesgar su vida dando cobijo y sustento a todo el que lo necesitó. Repartió lo que tuvo entre quiénes habían tenido menos suerte que él, como decía, fiel hasta la muerte a sus ideales socialistas. Nunca conocí a nadie con su integridad moral.

-Don Antonio…

-Déjate de dones que nos conocemos de toda la vida, Pascual. ¿Un chato de vino?

-Te lo agradezco.

-Pasa y siéntate. ¿A qué se debe esta visita de la Guardia Civil?

-Bueno, Antonio. Yo vengo como amigo a avisarte. Ya sabes lo que dicen…

-¿Quiénes dicen?

-En general. La gente.

-¿Y qué dice la gente en general?

-Que te arriesgas mucho dando de comer a tanto *rojo*.

-¿A tanto *rojo*? ¡En mi casa come todo el que tiene hambre! ¡Y lo sabes!

-No te pongas así. Vengo en son de paz.

-Pues la culpa de cómo estamos, métetelo en la mollera, la tiene la puta guerra. Han pasado ya ocho años y mira cómo está el pueblo. Con la cartilla de racionamiento a nadie le llega la comida ni a mitad de mes. No se pueden comprar apenas alimentos a no ser que sea de estraperlo. Tampoco hay casi dinero ni trabajo. Los niños están *desmayaos* por no tener qué llevarse a la boca y los padres, pobrecillos, *desesperaos* de no poder ofrecerles nada. No hay ni un hueso para roer.

-Ya pero…

-Ya pero, ¿qué? Aquí vienen seres humanos desesperados. No me importa cuál es su ideología. No se la pregunto. ¿Me vais a detener por llenar el estómago de personas hambrientas?

-Hombre, no es eso.

-¡Ni hombre, ni pollas en vinagre! Diles a tus jefes que me detengan si quieren. Pero *Pinos* entero está harto de vivir así. En mi casa al menos tienen un plato caliente. Si me voy preso igual os cuelgan después a vosotros del campanario. Pensadlo bien.

Escuchar sus historias reunidos en torno a la mesa del cuarto de estar, debajo de la cual había un brasero de ascuas con el que nos calentábamos del frío, era algo delicioso. Contaba siendo ya anciano, con una ironía exquisita, que nunca le dio la gana aprender a conducir ya que sus pies siempre le habían llevado a los sitios a los que necesitó ir. ¿Para qué?, decía mientras los nietos le mirábamos sin saber si nos tomaba el pelo o hablaba en serio. Cierto es que jamás aprendió a hacerlo aunque, sin embargo, fue el primer gasolinero de Andalucía. Adelantado como pocos a su tiempo, nunca tocó un volante pero supo ver cómo los coches se convertirían en el medio de transporte más usado. Así que montó a la entrada del pueblo la primera estación de servicio de la región en los años cuarenta del pasado siglo y desde joven se dedicó a despachar combustible. Un negocio que muchos paisanos vieron como una locura creyendo que sería un fracaso. Los automóviles son solo para los ricos, esto va a ser tu ruina, le vaticinaban.

El surtidor fue, muy al contrario, una fuente incalculable de riqueza para la comarca entera. Hasta los años sesenta no hubo a cincuenta kilómetros a la redonda otro lugar en el que poder repostar, por lo que sirvió para atraer a la zona a camioneros que aprovechaban para descansar de su trayecto en alguna fonda, particulares que comían en los mesones, o curiosos que acudían a ver los vehículos de la época, un lujo de muy pocos entonces, que por allí pasaban.

El auge del gasóleo como combustible fundamental en el transporte del futuro no fue, sin embargo, su único hallazgo. Otro de sus descubrimientos estuvo en la Sierra de Elvira. Según la leyenda, bajo la montaña existía un manantial de poderes curativos que ya utilizaban los romanos. Atraído por la curiosidad, una mañana en la primavera de 1969, decidió comprobar por sí mismo la veracidad de tales afirmaciones acudiendo al origen de la gruta junto con varios expertos a los que encargó posteriormente un informe al respecto. Meses después, comenzaba la construcción de un complejo termal cuyas aguas naturales fueron declaradas de interés general por las numerosas propiedades que tenían. A día de hoy siguen acudiendo miles de personas a tratarse dolencias relacionadas con los huesos o la piel, además de familias enteras que buscan simplemente disfrutar de sus baños al sol.

-Abuelo, ¿tú nunca te has puesto un bañador? No entiendo que no te bañes en tus piscinas y vayas siempre con ropa por allí.

-Antiguamente me bañaba. Pero aquello era otra cosa. Los clientes iban mucho más vestidos. Ahora se ha perdido la vergüenza. Yo me pongo en calzones en mi casa, no delante de personas que no conozco.

-No son calzones. Son bañadores.

-Para mí, es lo mismo. Dicen que son los nuevos tiempos pero yo digo que la gente se ha vuelto loca. Todos enseñando el cuerpo sin ningún pudor. Para nadar y darse un chapuzón no es necesario ir medio en pelotas como van hoy en día.

-Entonces, si la gente pensara como tú, ¿qué iba a ser del negocio?

-Pues no habría negocio. Pero yo lo que digo es que se podían vestir un poco más. ¿Qué me dices, niño, de las mujeres? ¡Si van medio desnudas! Eso del bikini es una indecencia. Y el marido mientras viendo cómo miran a su esposa que va enseñándolo todo. Si esto lo llego a saber yo, no pongo en marcha estas aguas termales.

La abuela Angustias, muy al contrario de lo que su nombre podía reflejar, era una mujer recia, alegre y vivaracha, de intensos ojos azules y mirada burlona, a la que le encantaba contar chistes. Si su marido era quien generaba el dinero, ella era la que lo administraba. Se encargaba de que hubiera leña en abundancia para calentar la casa y viandas suficientes para cocinar para quienes hiciera falta. Llevaba siempre consigo una faltriquera donde guardaba los billetes y monedas con los que pagaba a los proveedores que se acercaban por allí. Paco, el pollero, traía unos huevos hermosísimos recién puestos y unas gallinas enormes que él mismo criaba en su corral. Al igual que los pavos, las vendía vivas para asegurar al comprador que la carne estaba fresca y el animal no había sido matado hacía días. El aceite, de color oscuro y olor intensísimo a aceituna, lo vendía Fernando 'el chato', que tenía un pequeño olivar en Jaen. Los desayunos resultaban exquisitos con aquel oro líquido mojado en el pan de hogaza recién hecho que Julián 'el gordo' nos acercaba cada mañana. Las frutas y hortalizas, frescas y sabrosísimas, las conseguía Pedro 'el gitano', cuya mercancía transportaba a lomos de un burro gris de orejas puntiagudas y muy mal carácter al que llamaba Facundo. Y después estaban Arturo 'el dientes', que conseguía la carne de matanza, Luis 'el flaco' y sus cajas de especias, o Pepe 'el listo' con su furgoneta de pescados.

Eran decenas las personas que se acercaban a diario a la casa, llenándola de vida con sus historias, sus vivencias, sus alegrías y sus penas. El patio, punto de encuentro de todas ellas, tenía una parra que, en verano, ofrecía una espléndida sombra para resguardarse del intenso sol y, en invierno, daba unas uvas gordísimas y brillantes que nadie se resistía a probar. Riquísimos frutos como los que ofrecían la higuera, el granado y el peral, cuidados con mimo y regados con el agua del pozo que presidía el jardín y que abastecía a todas las estancias. Los primos nos lo pasábamos en grande jugando allí a la pelota, haciendo de rabiar a la perra María, montando en bicicleta, o refrescándonos con la manguera.

-Niño, ¡quita eso ahora mismo!

-Pero abuela, si son *Las Mamachicho.*

-Lo que son es unas *frescas.* Anda y cambia de canal. ¡Habráse visto lo que tiene puesto el chiquillo!

-Pero si solo es un baile…

-El baile te lo voy a dar yo como te vuelva a ver viendo eso. ¡Menuda guarrería! Si es que no ponen nada bueno en la televisión. Todo son tiros, peleas, mujeres enseñando las tetas y la tontería ésa del fútbol. ¿Tú te crees que es normal embobarse así para ver a diez hombres corriendo a por una pelota?

-Son once.

-¡Como si son cien! Esto de la tele es un invento del diablo.

-Pero, ¿a que la novela sí te gusta? No te pierdes un capítulo de *Cristal* por nada del mundo.

-¡Ah!, eso es otra cosa. Ahí no te enseñan nada malo.

-Sí, claro. Menudo morro…Oye, abuela. ¿Me das una moneda de cien pesetas?

-¿Y tú para qué quieres ahora una moneda?

-Pues para gastármela.

-Ya pero, ¿en qué? Si te vas a comprar un helado de hielo de esos de colores no te lo doy. Eso es una guarrería. Si te compras uno de leche, bueno.

-No es para eso.

-¿Y para qué es?

-Para un tebeo.

-¡Haberlo dicho antes! Si es pare leer, toma este billete y cómprate lo que quieras. Eso sí, cosas decentes. Y las vueltas te las guardas. Pero yo no te he dado nada, ¿eh? Que luego me vienen pidiendo todos a mí, como si yo fuera el Banco de España.

Mi tía Maricruz era una de las muchachas más hermosas de Pinos Puente. Hacendosa, jovial y recta, como su madre. Trabajadora y enérgica, como su padre. Todos los muchachos bebían los vientos por ella en su juventud. Aunque solo tuvo un novio, el mismo con el que acabaría casándose y que, a la postre, sería el hombre de su vida. El afortunado se llamaba Antonio Moreno, un joven educado de buena familia que se llamaba como la mitad de los varones del pueblo, con el que formó una de las parejas más envidiadas de la época. Se pasaban el tiempo irradiando alegría, destilando complicidad, y disfrutando de cada momento. Los años que estuvieron juntos solo conocieron la felicidad.

De la mano de mi tío, yo descubrí el mundo. Me zambullí en los riachuelos que, escondidos entre árboles majestuosos, bañaban los sembrados de los aldeanos. Recorrí a caballo los verdes prados que rodeaban la sierra. Paseé por caminos y veredas hasta ver al sol esconderse tras la montaña. Conocí el encanto de las calles de Granada, el embrujo de la Alhambra, la belleza del Genil, el hechizo del Albaicín. Disfruté del verso de Lorca y del verbo de Morente. Reí a carcajadas con la palabra cómplice y lloré al abrigo de la mano amiga. Aprendí el valor de ofrecer de forma altruista lo mejor de uno mismo a los demás.

La noche de su muerte fue el inicio del final de mi infancia. A mis nueve años supe lo que era el verdadero dolor, ése que traspasa lo físico, que nada calma, que no tiene cura ni remedio. No hizo falta que me lo dijeran. Sonó el teléfono y a una breve conversación le sucedió el llanto ahogado de mis padres. Yo me escondí entre las sábanas y lloré durante horas en silencio. La rabia me comía, no había respuesta al desconsuelo. Fue un disparo al corazón de un niño que, desde aquel día, no hay vez que vuelva al sur sin derramar una lágrima por la persona que me enseñó la grandeza de amar sin condiciones.

La vida de mi tía Maricruz no fue, al contrario de lo que todo parecía indicar, un camino de rosas. Sin embargo, a pesar de las vicisitudes con las que lidió, jamás perdió la sonrisa. Su marido falleció a los cuarenta y ocho años víctima de un infarto, aunque ya desde los cuarenta y cinco había sufrido diversos achaques que le habían dejado impedido. Durante ese tiempo, ella se dedicó en cuerpo y alma a cuidarle. Una vez viuda, guardó luto vistiendo de negro de la cabeza a los pies, durante veinticuatro meses con sus días y sus noches. Ni uno más, ni uno menos.

Pasado ese tiempo, la que cayó enferma fue la abuela Angustias. Las pequeñas dolencias fueron lentamente mermando su fortaleza, de la que siempre hizo gala, hasta convertirla en una débil anciana que necesitaba de numerosos cuidados. Su torpeza al andar se acrecentó, aumentaron los mareos cuando pasaba demasiado tiempo de pie, la vista fue nublándose de forma progresiva, y el reuma pasó a ser algo permanente. Los años empezaron a pesar cada vez más. Una situación que hizo que su hija decidiera trasladarse a casa de los abuelos para cuidarles en el ocaso de su existencia. Allí pasó una década en la que se desvivió para que estuvieran siempre atendidos, no se sintieran nunca solos, y no tuvieran preocupación alguna. Gracias a ella, sus padres tuvieron el final más dichoso posible.

-Tía,…vente a Madrid ya mismo…mamá está muy malita. Mucho.

-¡Ay, Dios mío, mi Juan! ¡No me digas eso!

-Yo tampoco me lo quiero creer. Me parece que es un sueño. Pero los médicos dicen que…¡que se puede morir!

-¡Ay, Juan! ¡Si estaba bien hace unos días! ¡No puede ser! ¡No puede ser!

-Esta misma mañana hablé yo con ella...Ninguno pensábamos que estuviera tan mal pero no nos dan esperanzas. Dicen que nos preparemos para lo peor. Estamos llamando a todo el mundo...

-¡Si tu papá me dijo que estaba todo controlado en el hospital!

-Él está también en shock. Cuando llegaron en la ambulancia esta mañana parecía que los médicos la salvarían...¡Ay, tía, que mi mamá se muere!

-Mi niño, no digas eso. Y reza, que seguro que el Señor hace que salga adelante. Confía en él.

-Eso hago. No paro de rezar. Rezo y rezo, pero tengo miedo. Mucho miedo.

LA TRAICIÓN

No que me hayas mentido, que ya no pueda creerte. Eso me aterra.

(Friedrich Nietzsche)

Cientos de policías, guardias civiles, y agentes de paisano armados hasta los dientes patrullan andando, en coche, en moto y a caballo las inmediaciones del Palacio Real de Madrid las veinticuatro horas del día. Cada ángulo de sus calles aledañas, como la de San Quintín, está además vigilado por cámaras de vídeo. Ello convierte a la zona en uno de los perímetros más seguros de la ciudad. No cabía duda de que eso fue lo que nos había salvado.

Carlos Tejedo acudió personalmente al piso en un furgón blindado en el que iban dos de sus vigilantes. Su socio, Matías Antón, le había advertido de la importancia que tenía aquel cometido, por lo que le otorgó la máxima prioridad. Una vez llegaron a la dirección indicada, les hizo sospechar la reacción de tres hombres corpulentos sentados en una terraza en la esquina de la calle. Estos trataron de hacer como si no se hubieran percatado de su presencia pero, por sus gestos y miradas de reojo, estaba claro que la llegada del vehículo les había dejado descolocados. La experiencia de Tejedo en este tipo de asuntos le daba muy mal presentimiento así que, para evitar poner la operación en peligro, decidió pedir refuerzos a una de las patrullas que se encontraba a escasos metros. Antes de entablar conversación con los agentes, aquellos tipos habían abandonado el lugar. Todo indicaba que su estancia allí no había sido, para nada, fruto de la causalidad. De momento, el riesgo parecía neutralizado.

Cualquiera que hubiera querido entrar a un edificio en el que tantos ojos están puestos permanentemente, aprovechando el descuido de algún vecino o forzando puertas, hubiera sido rápidamente detectado. Así que lo más probable es que las personas sentadas en la terraza estuvieran únicamente haciendo un seguimiento de los pasos de Alfonso. Lo difícil era saber desde cuándo lo estaban vigilando, aunque lo lógico es que no hiciera muchas horas ya que les hubiera sido demasiado fácil habernos abordado la pasada noche cuando estábamos ebrios. En cualquier caso, el relato de este episodio no hizo más que aumentar nuestro estado de nervios. A estas alturas teníamos la certeza de que no íbamos a olvidar nunca el fin de semana que estábamos viviendo. Nuestro único deseo era que las cosas no se complicasen más y pudiéramos poner, de una vez por todas, el Número 19 a salvo.

Bajamos el cuadro en el ascensor acompañados de uno de los guardias de seguridad, mientras el otro esperaba en el coche y dos policías custodiaban la entrada del portal. La calle estaba tranquila. Apenas había unos pocos turistas paseando por los alrededores, disfrutando de la buena temperatura que hacía a esas horas y del precioso entorno. El pulso nos latía a mil por hora y nos sudaba todo el cuerpo.

Cuando por fin comenzamos el trayecto hacia nuestro destino sentimos una inmensa sensación de alivio.

-¿Quién dijo que Madrid era en agosto la ciudad más tranquila del mundo?

-Un poco de diversión no está nada mal, pero esto nos ha superado. El corazón me va a salir por la boca. La verdad, Carlos, me hubiera gustado conocerte en otras circunstancias.

-Y a mí también. Te lo aseguro. Cuando me ha llamado mi socio pensé que era una broma. No deja de resultar cómico que me llame un domingo a las diez de la noche para contarme que unos amigos suyos tienen un cuadro de Jackson Pollock en su casa y que lo necesitan esconder de inmediato. Suena a coña, ¿no?

-Dicho así, parece una inocentada. Por cierto, ¿es habitual que cuando trasladáis algo muy valioso sucedan cosas de este tipo?

-¿Te refieres a que vigilen a los propietarios o que alguien intente robar la mercancía en algún momento?

-Sí. No sé si es normal que ocurran incidentes.

-Para nada. Siempre se extreman todas las precauciones. Y no suele haber problema. Es fundamental, eso sí, que haya mucha cautela en todo el proceso. Creo que alguien sabía que teníais ese cuadro. La casualidad ha hecho que siga en vuestras manos. Igual en dos o tres días os lo habían quitado.

Pero ya habrá tiempo para pensar quién os ha traicionado. Ahora nos queda un viaje de media hora y ya podréis respirar tranquilos.

Carlos Tejedo llevaba una década trabajando en el sector del automóvil cuando lo dejó todo para montar este negocio hacía ya seis años. Tras licenciarse en Administración de Empresas, encontró rápidamente, gracias a la intermediación de un buen amigo de su padre, un puesto de contable en uno de los concesionarios de coches usados más grandes del sector. Su estrategia se basaba en adquirir vehículos procedentes de impagos bancarios y de empresas de renting, que compraban a precios de ganga para después ofrecerlos por un importe muy ventajoso al cliente. Con ese sistema lograron consolidarse como un referente en el cada vez más próspero mercado de la segunda mano. Sin embargo, a pesar del incremento que cada año se producía en la cuenta de resultados, ello nunca repercutió en una mejora de las condiciones de los empleados. Los sueldos eran bajos y los turnos interminables, fines de semana incluidos, a pesar de lo cual muchos seguían allí por miedo a no encontrar otra cosa o, sencillamente, por falta de ambición. A él le ocurría una mezcla de ambos factores, hasta que sus amigos le convencieron para dar el salto.

Esa ausencia de aspiraciones y ese terror a afrontar los cambios no se circunscribía únicamente, ni mucho menos, al ámbito laboral. A sus treinta y cuatro años aún seguía viviendo en casa de sus padres, a pesar de que disfrutaba de una excelente situación económica debido a la buena marcha de su negocio. Desde su época de universitario había tenido varias relaciones sentimentales estables, pero jamás se había planteado independizarse. Ahora, tras varios desengaños, estaba plenamente volcado en el trabajo. Ese mes de agosto se había quedado en la ciudad supervisando todos los encargos a realizar. Su presencia resultaba imponente, con un metro noventa de altura y casi cien kilos de peso. Ello, unido a su carácter afable y sereno, aportaba a los le acompañaban una grata sensación de tranquilidad, tan necesaria para nosotros en esos momentos.

-Os tengo que pedir que no os pongáis nerviosos.

-A estas alturas ya es imposible. ¡Qué cachondo!

-Hablo muy en serio. Escuchadme muy bien. Y, por favor, mantened la calma. ¿Entendido?

-¿Qué coño pasa, Carlos? ¡Nos estás acojonando!

-Nos están siguiendo.

-¿Cómo?

-Llevamos un BMW negro pegado a nosotros desde hace un par de minutos. Pase lo que pase, no abráis las puertas ni os mováis. Todo el vehículo está blindado, incluso los cristales de delante. Es imposible que accedan dentro. Tendrían que usar un misil.

-¿Y qué vamos a hacer?

-De momento, hemos hecho muy bien en no coger la carretera de La Coruña. Si nos llegamos a meter en la autopista, podríamos haber sufrido una emboscada. Algo nos daba mala espina desde hace un rato. Ahora mismo estamos en la avenida de Reina Victoria y la Policía tiene nuestra posición. Esperemos que tarden poco en llegar y crucemos los dedos.

El tiroteo comenzó a la altura del hospital de la Cruz Roja. Sucedió en unas décimas de segundo. Cuando el semáforo se cerró, nuestros perseguidores aprovecharon para cruzar su vehículo delante del nuestro impidiéndonos el paso. Dos de los ocupantes se bajaron, mientras el tercero siguió al volante sin apagar el motor. Alfonso y yo, que íbamos atrás acompañados de uno de los vigilantes, no veíamos nada de lo que sucedía fuera ya que el habitáculo estaba separado de la parte delantera, en la que iban Tejedo y el otro vigilante, por una pared en la que únicamente disponíamos para comunicarnos de una pequeña ventanita por la que no cabía ni una mano. Solo escuchábamos el ruido sin cesar de las balas chocando contra la chapa. Buscaban descerrajar las cerraduras y abrir el furgón. Con el primer disparo nos tiramos al suelo temblando de miedo por el convencimiento de que, probablemente, de aquella con saldríamos con vida. La escena no llegó a durar ni medio minuto pero nos pareció como si hubieran transcurrido horas. De repente, hubo un silencio al que sucedieron varios gritos y nuevos disparos. Pero ya no contra nosotros.

La llegada de los policías fue providencial. La aparición de cuatro dotaciones terminó abruptamente con aquel infierno. Nada más verles, el conductor del BMW retomó la marcha sin que a ninguno de los pistoleros les diese tiempo a subirse. Al verse acorralado, uno de ellos trató de huir abriendo fuego contra los agentes. Falleció en el acto tras recibir varios balazos. El otro se entregó sin oponer resistencia. El ocupante del coche sería detenido instantes después tras una persecución que terminó en la plaza de la República Argentina. Cuando abrimos las puertas y fuimos conscientes de que estábamos a salvo no pudimos reprimir las lágrimas, abrazados a nuestros rescatadores en una escena propia del final de una película de acción.

Tras ser atendidos por los servicios de emergencia desplazados hasta allí, pasamos la madrugada declarando en la comisaría de la calle Santa Engracia. Al parecer, los tipos que intentaban hacerse con el cuadro llevaban meses en búsqueda y captura. Procedían de Rumanía, de donde habían llegado hacía dos años, y formaban una banda a la que se acusaba de cometer, al menos, tres atracos en varias gasolineras, una decena de robos en viviendas habitadas, y el asalto a un banco. En esta ocasión, alguien les había contratado para realizar aquel cometido. Días más tarde supimos que se trataba de Ángel Cabezas. Aunque saber el nombre del traidor no era lo que más nos importaba ahora.

Pasadas las ocho de la mañana del lunes logramos poner definitivamente a salvo el Número 19 y una hora después estábamos desayunando plácidamente en la cafetería Mallorca de la calle Serrano. La noticia de un tiroteo en pleno Madrid salía en todos los periódicos. Algunos como El País la llevaban en portada. Las distintas informaciones hablaban de la detención de un grupo criminal cuando trataba de llevar a cabo un nuevo delito, de la muerte de uno de sus integrantes, de la rápida intervención policial, o de la persecución del coche huido durante varios kilómetros. Sin embargo, no había ni rastro de lo que custodiaba el furgón ni de las personas que íbamos en él.

-Nunca antes un café me supo tan bien.

-Ni a mí. Hace unas horas hemos vuelto a nacer. Me parece increíble todo lo que nos ha pasado.

-Ya ves. Ha habido un momento en que pensaba que nos iban a matar.

-La pregunta es quién es el hijo de puta que ha encargado que roben el cuadro.

-Ya has escuchado al comisario. No tardarán mucho en averiguarlo.

-Lo siento pero yo no puedo esperar. Creo que ya es hora de hablar con mi primo. Alguien muy cercano a Luis ha estado a punto de mandarnos al otro barrio. No me puedo quedar de brazos cruzados.

-¡No lo hagas, joder! ¡Deja el puto teléfono! Si le llamamos es posible que pongamos en peligro la investigación. Nos lo han dejado muy claro. ¿Quieres que se escape el traidor?

-No creo que por una simple llamada pueda ocurrir eso.

-Nunca se sabe. Vete a descansar y deja de darle vueltas al tema. Por cierto, ¿has llamado a Raquel?

-¡Coño! ¡Raquel! No he hablado con ella desde el sábado.

-Pues prepárate, amigo. Igual a la que no sobrevives es a la bronca que te espera.

LA HORA DE LOS VALIENTES

No perdono a la muerte enamorada,

no perdono a la vida desatenta,

no perdono a la tierra ni a la nada.

(Miguel Hernández)

¿Cobardía o valentía? Lo he pensado un millón de veces y, aún así, me sería muy difícil decantarme por una postura. Desde que nacemos nos enseñan que no hay acto más deleznable que quitarse la vida, que debemos afrontar los problemas por difíciles que sean y pensar siempre en el daño que causaríamos con esa acción a nuestros seres queridos. Puesto sobre el papel, parece lo más sensato. Pero, ¿qué le decimos al hombre que ha perdido en un desahucio su casa, en la que había invertido todo su dinero, tras lo cual el banco le exige una deuda millonaria que jamás podrá pagar y que condena a su familia a la pobreza para siempre? ¿Y a la mujer a la que le detectan una horrible enfermedad incurable que le producirá un adiós lento y doloroso? O, por ejemplo, ¿a los padres a los que un asesino ha matado sin piedad a sus hijos? ¿Qué les contamos a ellos? ¿Les pedimos que sigan viviendo con el argumento de que no hay dificultades insalvables y que pronto recuperarán la sonrisa? ¿No sería más digno decirles la verdad en lugar de ofrecerles un argumento falaz? Tal vez lo justo sería decirles que el resto de su existencia solo habrá sufrimiento y que tienen derecho a hacer lo que les venga en gana con su propio destino al margen de cualquier absurda lección de moralidad.

Por otra parte, ¿alguien cree que es fácil suicidarse? ¿Quién piensa que es sencillo volarse los sesos con una pistola? No. No lo es. Se necesita mucha frialdad y mucho coraje para llevarlo a cabo. Cualquier persona no sería capaz de cometer el hecho en sí. Igual de difícil que el proceso que transcurre hasta tomar la decisión. Nadie llega de la noche a la mañana y decide tomarse un frasco lleno de pastillas sin motivo. Normalmente, hay una concatenación de sucesos horribles que acaban conduciendo hacia la misma salida. ¡Qué fácil es juzgar las decisiones ajenas! Nadie se corta las venas por capricho. Y no se engañen. Tampoco hay que estar loco para hacerlo. Quizá solo hace falta una pizca de valentía.

-Buenas noches.

-¿Es a mí?

-Claro, no veo que haya más gente a su alrededor.

-Buenas.

-¿Quiere un trago?

-Gracias, tengo prisa.

-De lejos, no me parecía que tuviera mucha premura por ir a algún sitio viéndole ahí parado.

-Lo siento, pero no suelo hablar con extraños. No le conozco de nada.

-Perdóneme que insista, tome un trago. Le vendrá bien. Hágame caso.

-Tampoco bebo con extraños y menos de la botella…

-¿De un mendigo? ¿Y qué más le da? ¿No me diga que va a ser escrupuloso si en un instante se va a suicidar?

-Oiga, ¡déjeme en paz! No sé de lo que me habla.

-¡Lo sabe perfectamente! A estas horas de la noche, a este puente solo vienen desgraciados que quieren quitarse la vida.

-Y a usted, ¿qué mierda le importa? ¡Váyase de mi lado! ¡No me apetece hablar con nadie!

-Muy bien. Ya me marcho. Haga lo que quiera.

-Perfecto.

- ¡Ah!, una cosa más. Veo por el anillo que está casado. Le dejo este bolígrafo y una hoja. No sé si ya tiene preparada la carta de despedida a su mujer. Eso es importante. También tiene pinta de ser padre. ¿De una niña? No se olvide de despedirse de ella también.

Las palabras de aquel hombre provocaron un terremoto en mi interior. De pronto sentí que perdía el control de mi cuerpo. Como pude, me agarré a la barandilla del viaducto para evitar estamparme contra la acera mientras me desplomaba. Semiinconsciente, permanecí en cuclillas algunos minutos, durante los cuales vomité varias veces. Cuando ya no me quedaba nada en el estómago bajé como pude las escaleras que tenía a mi derecha y comencé a correr desaforadamente calle abajo por la avenida del Marqués de Corbera mientras lloraba desconsoladamente. Frené unos metros antes de llegar al dragón de La Elipa. Su visión trajo a mi mente algunas de las mejores imágenes de mi infancia. De niño había jugado miles de tardes alrededor de ese inmenso animal verde de hormigón con un tobogán que salía de su boca, por el que me había tirado en innumerables ocasiones. Una vez a su lado, me abracé a él y empecé a reír a carcajadas, mientras asimilaba por primera vez lo cerca que había estado de tirarlo todo por la borda.

Estuve allí durante una hora, hasta que un camión de basura se detuvo para recoger los cubos que se encontraban a esa altura. Su llegada hizo que me decidiera a retomar el camino. Regresé sobre mis pasos hasta estar de nuevo en el puente, con el propósito de agradecer al mendigo el diálogo que me había salvado. Nuestra breve, pero bendita, charla. Sin embargo, ya no estaba. Allí, tirados en el suelo, solo seguían el papel y el bolígrafo. Tampoco le encontré en los alrededores. Busqué en los portales y en los bancos cercanos, miré por las aceras, revisé los parques, pero no hubo resultado. Ni tampoco en los días posteriores. Durante una semana rastreé, una y otra vez, todos los espacios públicos del barrio. Pregunté a los porteros de las fincas, a los policías, y a los comerciantes. Pero nadie parecía conocer su existencia y jamás logré dar con él. Era como si hubiera desaparecido sin dejar rastro.

-Me preocupan tus continuos paseos a todas horas. Te comportas de forma muy extraña.

-Ya te he dicho que no hay motivo para que te alarmes. Únicamente necesito que me dé un poco el aire.

-¡Venga, hombre!, ¡No me tomes por idiota!

-Llego cansado del trabajo y busco despejarme un rato. Nada más.

-Algo te ocurre y me preocupa. Desde la otra noche en que llegaste a las tantas sin avisar, es como si hubieras visto un fantasma.

-¿Un fantasma?

-Es una expresión. Quiero decir que estás como ido. No sé qué es lo que haces cuando sales.

-¿Y si hubiera visto un fantasma?

-Sabes que no creo para nada en esas cosas. ¿Por qué dices esa tontería?

-Era solo una broma.

-Tú y tus bromas. El caso es que no quiero que sigas saliendo a la calle. Quédate con nosotras. Despéjate dando la cena a la niña, por ejemplo, que parece que no tiene padre.

UNA VIDA DE MENTIRA

No hiciste caso

es lo que querías

junto a la fuente el cántaro quebrado

el veredicto está claro, soporta tu cruz.

(Enrique Bunbury)

No había pisado mi casa desde que, casi dos días atrás, salí con Alfonso rumbo a El Caimán Dorado. Me encontraba agotado después de todo lo vivido durante la madrugada, pero era consciente de que no podía echarme a descansar hasta que hablase con Raquel. Así que lo primero que hice fue llamarla. Al principio, como bien predijo mi amigo, me cayó una bronca descomunal por no haber dado señales de vida ni coger el teléfono durante tanto tiempo aunque, según me fui explicando, nuestra conversación se fue calmando, pasando de la incredulidad inicial por la acumulación de tantos hechos sorprendentes que iba narrando, al sobresalto por lo que nos había podido ocurrir.

-Supongo que Alfonso te habrá firmado algo, ¿no?

-¿Cómo firmado algo?

-¡No me digas que no has dejado por escrito que te dará algo de lo que cobre por el cuadro!

-Pues no. ¡Mujer, qué cosas tienes!

-¿Cómo que qué cosas tengo? O sea que, gracias a ti, el *pijales* engominado ése salva la vida y mantiene intacto un cuadro por el que va a cobrar 25 millones y no le pides que comparta una parte contigo.

-¡Claro que no! Le dije algo medio en broma en su casa pero, ¿te crees que con todo lo que nos ha pasado he tenido tiempo de pensar en eso? Con estar vivo me doy por satisfecho. Si en un futuro lo vende, estoy seguro de que agradecerá mi ayuda.

-Al menos, cariño, piensa cómo dejárselo caer. Luego va pasando el tiempo y de estas cosas nadie se acuerda. A mí no me importa decírselo. Ya sabes que yo no me corto.

-¡Ni se te ocurra! ¿Estás loca? Si se olvida, que se olvide.

-O sea, que tú no llegas a cobrar mil euros al mes y vas a dejar que tu amigo se bañe en oro después de que casi te matan por su culpa.

-Raquel, deja ya el tema. No pienso discutir sobre esto ni un segundo. Estoy que me caigo, así que voy a descansar un rato.

-Muy bien. Descansa. Pero como vuelva a llamarte y no me lo cojas, esta vez te enteras.

Me pasé durmiendo hasta las tres de la tarde. En la emisora me habían dado el día libre, con la excusa de haber estado toda la noche declarando en comisaría tras ser testigo del tiroteo ocurrido durante la madrugada. A pesar de ser festivo, me tocaba trabajar esa jornada. Evidentemente, solo conté que había visto desde la calle lo ocurrido, obviando mi papel protagonista. El cabrón de Gutiérrez ni siquiera me preguntó si estaba bien. Solo se preocupó de recalcar que no me olvidase de traer un justificante para el departamento de administración. Tras una ducha de agua helada que me acabó de desperezar, bajé a la calle con el objetivo de saciar mi apetito. Tenía la intención de darme un buen homenaje para celebrar que seguía estando en este mundo, pero un quince de agostó me fue imposible encontrar un sitio abierto que estuviera cerca. Finalmente, acabé tomando un par de hamburguesas en un Mc Donald´s. Hacía mucho años que no entraba en uno y, aunque su oferta culinaria no estaba entre mis preferencias, esa comida me supo a gloria.

No regresé a casa, a sabiendas de que si lo hacía no saldría de ella hasta el día siguiente. La temperatura, que rondaba los cuarenta grados, no invitaba a hacer muchos planes y, además, seguía cansado después de haber dormido apenas unas horas. Así que decidí irme al cine. Tampoco recordaba el tiempo que llevaba sin acudir a uno y me apetecía hacer un plan divertido con el que dar de lado al calor. Me fui en el metro al Conde Duque de la calle Goya sin tener ni idea de la propuesta que ofrecía la cartelera estival. Las opciones eran El Capitán América, Los Pitufos, o La boda de mi mejor amiga. Dada mi aversión hacia las películas de superhéroes y teniendo en cuenta que la segunda estaba recomendada para menores de doce años, saqué mi entrada para la última. Se trataba de una comedia con bastante poca gracia que nada tenía que envidiar a cualquier filme de serie b de la sobremesa televisiva. Eso sí, cumplió su función. Pasé dos horas cómodo, al fresco, y alejado de toda preocupación. Al salir, encendí el móvil y vi que tenía dos llamadas. Una era de un número desconocido. La otra, de Alfonso.

-Pensaba que necesitarías desconectar, pero ya veo que no puedes vivir ni un día sin mí. ¿Cómo ha ido el día?

-Básicamente, durmiendo y viendo la televisión.

-Yo salgo ahora del cine. He visto un auténtico bodrio pero al menos me he despejado un rato.

-Entonces supongo que no conoces la nueva noticia. Hace una hora me llamaron de la comisaría.

-He visto que tenía otra llamada de un número desconocido. Supongo que sería de allí. ¿Qué sucede?

-Los dos detenidos han confesado quién les contrató.

-¿Y?

-Te suena Ángel Cabezas, ¿verdad?

-¡Será cabrón! ¿Fue él?

-Eso parece. El *colega* de tu primo les contrató personalmente. Exactamente por cincuenta mil euros. Pagó diez mil al contado este mismo sábado y el resto lo iba a pagar cuando recibiese el cuadro.

-Fíjate que siempre dije que no tenía ningún escrúpulo, que el cerdo ése vivía una vida inventada.

-Luis le defendía a capa y espada. ¡Y mira cómo se la ha jugado! El caso es que ya está detenido. Tu primo también debe estar declarando ahora en una comisaría de Marbella. Me han dicho que igual le hacen venir en los próximos días a Madrid.

-Pero él no tiene nada que ver, ¿no?

-Nada, hombre. ¡No fastidies! Pero sus palabras son clave para apuntalar el caso. Ten en cuenta que él puso sobre la pista a *Briatore*. Sin darse cuenta, inicio todo este asunto.

Ángel Cabezas era desde hace unos años la mano derecha de mi primo. Todo el que le conocía se había preguntado desde el primer momento qué veía Luis en aquel tipo para tener tan buena relación ya que, salvo a él, no le caía bien a nadie. Le llamábamos *Briatore* porque su imagen era igual a la del millonario italiano. El mismo físico, la misma forma de vestir. A la legua se veía que era un crápula de imagen chulesca, un vividor aprovechado de los demás, cuya habitual sonrisa y sus modos corteses eran pura impostura. Se daba aires de galán pero no pasaba de granuja mujeriego. Cierto es que, a sus cerca de cincuenta años, se conservaba bastante bien. Tenía tres hijos de tres mujeres diferentes, con los que apenas tenía contacto, y ahora vivía con Julia, una abogada simpática y culta a la que sacaba veinte años. Más de una vez, estuvimos a punto de preguntarle a la pobre cómo era capaz de haberse enamorado de alguien así.

La realidad de *Briatore* era muy distinta a la que iba contando. Supuestamente era un empresario de excelentes contactos, cuyos negocios estaban pasando un pequeño bache por culpa de la crisis. Consultor de nuevas tecnologías, asesor de imagen, experto en informática,...se sabía vender a la perfección, pero resultaba muy sospechoso que siempre evitase dar detalles de dónde había trabajado, cuáles eran sus empresas, o en qué sitio se formó. La única verdad es que estaba arruinado y necesitaba rodearse de gente ingenua que pudiera acarrear con su tren de vida. Le gustaba comer a diario en buenos restaurantes y acudir a las discotecas de moda, pero jamás pagaba ninguna factura. Se las ingeniaba para engatusar a unos y a otros, hasta que le acababan calando, y seguir disfrutando como un rey a costa de los demás. Vivía de alquiler en un ático que daba a la Plaza Mayor cuya mensualidad, al igual que le ocurría con la ropa, pagaba su actual novia.

-¿Luis?

-Hola, Juan.

-¿Sabes la hora qué es? Son exactamente las dos de la mañana y me levanto a las siete.

-Lo sé, lo sé. Pero no podía esperar. Acabo de salir de declarar con la Policía. Me han contado todo lo que ha pasado y necesitaba pedirte perdón. Casi te matan por mi culpa.

-No digas eso. No ha sido culpa tuya.

-Que sí, que ha sido culpa mía. Estoy muy afectado.

-Tú se lo dijiste a Ángel Cabezas. Nada más. ¿Cómo ibas a saber lo que iba a ocurrir? Tú única culpa es haberte rodeado de alguien así. Solo eso. Te lo dijimos mil veces y no nos creías.

-¡Joder, Juan!, no es eso. Que te estoy diciendo que sí lo sabía. ¡Que yo lo sabía todo! Por eso no podía esperar.

LA MIRADA MÁS BELLA DEL MUNDO

El día que me quieras

endulzará sus cuerdas

el pájaro cantor,

florecerá la vida,

no existirá el dolor.

(Alfredo Le Pera)

Nunca olvidaré cómo nos conocimos. Fue un viernes, treinta de noviembre del año 2007. La noche era cerrada y las estrellas resplandecían en un cielo completamente despejado. Hacía un frío helador que calaba los huesos, algo por encima de los cero grados, típico de aquella época. Juan Pedro y yo habíamos salido a cenar a un restaurante de la calle Castelló, hoy ya cerrado, donde servían unas raciones estupendas y al que solíamos acudir con cierta frecuencia. Se llamaba Aires de Xuntanza. Tomamos, como era habitual, xoubas, pulpo, empanada y Albariño. No sé si algo más. Lo que sí recuerdo es que bebimos demasiado vino. Terminamos con dos botellas y, además, los dueños nos invitaron antes de marcharnos a probar un licor café que fabricaban artesanalmente y del que también dimos buena cuenta. Cuando salimos de allí, llevábamos ya una buena *trompa*.

Siempre que íbamos a aquel gallego, acabábamos tomando después alguna copa en el bar que había en la misma calle, justo enfrente. Además de la comodidad de tener únicamente que cruzar para llegar hasta él, La Casita era un local con mucho encanto al que habíamos cogido cierto cariño. Su aforo rondaba las doscientas personas y solían poner música española de los años ochenta que nos encantaba, su colorida decoración resultaba muy divertida, y el alcohol que servían era de bastante calidad. Cierto es que lo que a nosotros más nos importaba era que los precios de las consumiciones eran económicos y que el público femenino era bastante numeroso.

No había semana, en los últimos meses, en la que no acudiéramos allí algún día. Era una época en la que llevaba más de un año soltero, después de haber encadenado dos relaciones bastante largas que no habían acabado, precisamente, lo que se dice bien. Ni por asomo tenía intención de volver a echarme novia formal. A mis treinta años disfrutaba de una situación privilegiada, con un trabajo estable, unos ingresos nada desdeñables para mi edad, con todas las comodidades de vivir en casa de mis padres, sin ninguna atadura, y con numerosos amigos que, al igual que yo, se habían quedado solteros hacía poco y disfrutaban de una especie de segunda juventud. Sin embargo, al pasar a su lado, me fue imposible no caer rendido a sus encantos. Fue, lo que se dice, un flechazo.

-Hola, me llamo Juan.

-Y yo Raquel. Encantada.

-¿Puedo decirte una cosa?

-Si no es nada ofensivo, claro.

-¿Sabes que tienes la mirada más bella del mundo?

-Ja, ja, ja. Muchas gracias. Pero exageras.

-Es cierto. Tienes la mirada más bella del mundo. ¿Nunca te lo habían dicho?

-La más bella suena un poco cursi. ¿Eres tan empalagoso siempre o el alcohol te vuelve así?

-¿Te estás riendo de mí? Cambia si quieres el adjetivo. Ponle atractiva, bonita, radiante,…

-Vale, vale, lo capto. Pero igual con unas copas de menos no te parecería tan guapa.

-No tiene nada que ver. Eres guapísima. Además, apenas he bebido.

-Si quieres ligar con una chica, empiezas mal si mientes.

-Bueno, vale. Voy algo achispado.

-¿Achispado? Esto me confirma que eres un cursi.

-¡Qué graciosa! ¿Puedo invitarte a algo y lo discutimos?

A pesar de mi borrachera, sorprendentemente, Raquel se dejó invitar y estuvimos charlando bastante rato, mientras Juan Pedro se divertía con sus amigas. Siempre tuve la particularidad de no volverme cargante ni maleducado por muy ebrio que fuera e, incluso, mis conversaciones resultaban muy divertidas en ese tipo de situaciones. No recuerdo bien acerca de lo que hablamos, pero sí que nos reímos muchísimo. Aquella noche, evidentemente, no pasó nada entre nosotros. En mi estado, fue un logro conseguir que nos intercambiáramos los números de teléfono.

Los días posteriores me moría de ganas de volver a verla. No podía parar de pensar en ella, pero contuve mis intenciones de llamarla para evitar agobiarla. Tuvieron que pasar tres semanas para decidirme a mandarla un mensaje de texto. Tras intercambiar varios *sms*, aceptó continuar nuestra charla cara a cara. Quedamos a las seis de la tarde en una pequeña cafetería cercana a su casa y acabaron dándonos las doce de la noche. Durante horas nos pusimos al corriente de nuestras aficiones, nuestros gustos, lo que le pedíamos al futuro, sus estudios, mi trabajo,…prácticamente no hubo tema del que no hablásemos. Cuando la dejé en su portal, me despedí con un ingenuo beso en la mejilla convencido de que era imposible estar más a gusto con ninguna persona y de que quería pasar el resto de mis días a su lado.

Tras aquella primera cita continuamos conversando por teléfono casi a diario. Los compromisos familiares que ambos teníamos en las fechas navideñas nos impedían quedar, así que suplíamos con esas llamadas nuestras ganas de vernos. En cada una de ellas me quedaba tentado de invitarla a venir a mi fiesta de Nochevieja pero nunca acababa haciéndolo. Yo seguía siendo un chico muy tímido y consideraba que resultaba demasiado atrevido pedirle que me acompañase con todos mis amigos a un evento así sin apenas conocernos aún. Pero la cuestión acabó surgiendo de forma espontánea.

-¿Y qué vas a hacer en Nochevieja?

-Tengo una fiesta. Voy a ir con *Juanpe* y unos amigos. ¿Y tú?

-Yo también iré con mis amigas a algún sitio. Solemos ir a varios bares, pero hace años que no sacamos una entrada para una fiesta en concreto. Te cobran un montón y suelen ser malísimas. ¿Dónde es la tuya?

-Es en un local que ha alquilado un conocido de no sé quién. Barra libre por treinta euros.

-No pareces muy convencido.

-En realidad, no me apetece mucho. Voy por no dejar tirado a éste. Ya llevo saliendo en Fin de Año demasiado. Al final es beber por beber, hacer el tonto, e intentar ligar.

-Pues eso se te da muy bien.

-¿Lo de beber, lo de hacer el tonto, o lo de ligar?

-Las tres. Eres un maestro en todo.

-Tú siempre tan jocosa. Oye…

-Di.

-Eh…es que no sé cómo decírtelo.

-Decirme, ¿el qué?

-Es que me da mucho *palo*. Aunque no lo creas, soy muy cortado.

-¡Quién lo diría!

-Es en serio. Eh…

-¡Y venga con el eh!

-¡Que si te vienes a mi fiesta! ¡Ale, ya lo he dicho!

-¡Anda que te ha costado! Creía que nunca ibas a pedírmelo.

-No veas el peso que me he quitado de encima. ¿Y?

-¡Ni de coña!

-¿No?

-¡Te lo has creído! Por su puesto que sí.

Aquella bienvenida al año 2008 fue la mejor Nochevieja que había vivido hasta la fecha. Poco nos importó que la fiesta en sí resultase horrible. El local estaba en el extrarradio, cercano a una barriada en la que ni siquiera el hecho de ir acompañados de mucha gente rebajaba la sensación de inseguridad que daba caminar por sus calles. La bebida, además de que no había variedad de marcas, era toda de *garrafón*. Para servir solo estaba un camarero, apenas había un baño y no disponía de guardarropa, con lo que tuvimos que estar con el abrigo en la mano. Nuestros amigos se pasaron el tiempo quejándose de las incomodidades. Sin embargo, a nosotros nada de eso nos afectó. Bailamos sin parar al ritmo del *reggaeton* y bebimos explosivos cócteles de todos los colores y sabores. Cuando terminó la celebración, nos marchamos a buscar un sitio donde desayunar. Estábamos rendidos pero no queríamos que aquel momento acabase. Tras tomar chocolate con churros en una cafetería frente a la Puerta de Alcalá, la acompañé caminando hasta su calle. Y entonces, sí. Esta vez no me resistí. Al llegar a la esquina, la abracé lo más fuerte que pude contra mi pecho y la besé en la boca con todas mis ganas. Un beso largo, suave y dulce, que supuso el inicio de nuestra relación.

Fuimos novios durante casi dos años, una época de lo más placentera en la que gozamos de cada uno de los segundos que pasamos juntos. Hicimos escapadas de fin de semana a lugares como Salamanca o Zamora, viajamos a ciudades como Nueva York, París, o Lisboa, asistimos al concierto de Bruce Springsteen en el estadio Santiago Bernabéu o al de Alejandro Sanz en la plaza de toros de Las Ventas, fuimos al teatro y al cine, descubrimos las propuestas de numerosos restaurantes y, en definitiva, exprimimos cada momento sacándole el máximo partido. Según pasaban los meses nuestro pequeño universo iba consolidándose, siendo cada vez más conscientes de que los dos deseábamos estar unidos para siempre.

Curiosamente, no sentí temor a la hora de pedirle matrimonio. El hecho en sí no me producía ningún retraimiento. Al contrarío, me deleitaba pensando en ello. Mi duda era el cuándo y el cómo. Quería atar muy bien cada detalle. Deseaba que fuera algo que nunca olvidásemos. Finalmente, me decidí por invitarla a cenar a un pequeño bistró francés situado en Alfonso X que me recomendó el bueno de Lucas. La elección resultó todo un acierto. El Viejo León tenía el encanto de los restaurantes de la Francia de mediados del pasado siglo, con cinco o seis mesas separadas por preciosos biombos, una vajilla de ensueño, paredes decoradas con papel floreado y una oferta culinaria sublime, basada en las recetas tradicionales de la cocina artesanal gala. Nada mejor para una velada romántica. Cenamos foie micuit y un crep de espinacas a la crema como entrantes, un steak tartare y un confit de pato de segundo, y una fondue de chocolate de postre. Los nervios me entraron llegado el momento de entregar el anillo y hacer la petición formal. Confiaba en que la respuesta sería sí y estaba casi seguro de que ella sabía lo que iba a suceder, después de llevar semanas soltando indirectas. Pero me asaltaban las dudas, así que decidí pagar la cuenta y esperar a ver si tomando una copa me lograba envalentonar. Caminamos desde allí hasta La Casita. Había pensado que una noche como aquella no podíamos dejar de ir al bar donde nos conocimos y, entonces, decidí cambiar el plan y pedírselo en el bar. Sin embargo, a medio camino mientras cruzábamos el puente de Juan Bravo de la mano, algo me dijo que diese el paso. Y sin pensármelo más, cortando una conversación a la que no estaba prestando ninguna atención, paré de andar, me puse de rodillas y lo dije.

-¿Te quieres casar conmigo?

-Uff. No pensé que lo fueses a hacer aquí y ahora. En la cena ha habido mil momentos en los que estaba convencida que ibas a hacerlo.

-Es que me he *acojonado*, la verdad.

-O sea, ¿que lo del puente no está planificado?

-No. Pero no está mal. Menudas vistas.

-Me tiembla todo.

-Y a mí. Bueno, ¿qué dices?

-Si ya lo sabes. Que sí. Pero, por favor, levántate que nos está mirado todo el mundo. No hacía falta que te arrodillases.

-¿Nos casamos, entonces? Casi no me lo creo.

-Que sí, hombre. Aunque…el anillo, ¿me dejarás cambiarlo? Sé que lo has hecho con buena intención pero es, como decirlo, demasiado llamativo.

-A mí me gustaban todos los brillantes que lleva.

-¿Lo ves? Todavía tengo que cambiarte esos gustos tan raros.

Nos casamos el veintiséis de septiembre de 2009 en la iglesia de San Agustín, una pequeña capilla bellísima frente a la plaza de Los Delfines, que en su momento nos sedujo nada más verla. El convite lo realizamos en el Palacio de Negralejo, una finca a las afueras, famosa por ser el lugar elegido por numerosos personajes habituales de la prensa rosa en sus celebraciones. Para nuestra sorpresa, al ir a conocerla descubrimos que, además de tener unos jardines deslumbrantes, los precios que manejaban eran asequibles y la calidad de la restauración, excelente. Así que nos decantamos por ella. Entre familiares, amigos y algún invitado por puro compromiso, asistieron ciento setenta y una personas. Dos días después, embarcábamos rumbo a Tailandia y Bali, donde pasamos una luna de miel inolvidable.

-¿Ya sabes cuándo vas a llegar hoy a casa?

-Pues chica, ya te lo he dicho antes. Supongo que a las ocho. Depende del tráfico. ¿Pasa algo? Es la segunda vez que me llamas para preguntarme lo mismo.

-¿Qué va a pasar? Simplemente tengo muchas ganas de verte.

-Los lunes llego siempre a la misma hora. ¿De verdad que no pasa nada?

-De verdad.

Claro que ese lunes de mayo ocurría algo importante. Raquel había confirmado sus sospechas. Estaba embarazada.

Lo que pasaba es que necesitaba compartirlo cuanto antes conmigo. El tiempo hasta que llegué de la radio se le hizo eterno y eso que hice lo posible por regresar a casa más pronto, sospechando que algo ocurría. Mi llegada antes de lo previsto la cogió por sorpresa. Cuando abrí la puerta estaba bañada en lágrimas, algo que hizo que me llevara un buen susto. Llevaba todo el día pasando de la enorme alegría por confirmar que íbamos a ser padres, al temor de lo que ello podía suponer en el trabajo. Su empresa tenía previsto enviarla dos años a Zaragoza para liderar allí un proyecto. Dudábamos entre dejar mi empleo y marcharnos a vivir a Aragón los dos, o que ella trabajase durante la semana allí y bajase a Madrid los fines de semana. Su miedo era que, como estaban las cosas, la despidieran. Una vez tranquilizada, eufóricos y rebosantes de alegría, decidimos salir a cenar fuera para celebrarlo. Eso sí, antes me tuvo que convencer para que no llamase a contárselo a todo el mundo hasta que el ginecólogo confirmase que la gestación se desarrollaba con normalidad. Cuando eso sucedió, al contrario de lo que ella pensaba, la noticia no fue mal recibida por sus jefes. Estos le asignaron, simplemente, otras responsabilidades y buscaron a alguien que la sustituyera en el traslado. Puede decirse que el embarazo, que no era algo que buscásemos premeditadamente, no pudo llegar en mejor momento.

La primera persona que se enteró de que íbamos a tener un hijo, entonces no conocíamos aún el sexo, fue mi madre. Aquello sí que fue otra sorpresa mayúscula. Raquel había llamado a varios ginecólogos al no tener ninguno de referencia para pedir cita y acudimos, como es lógico, al que antes podía atendernos. Lo que no imaginábamos ni por asomo es a quién nos íbamos a encontrar en la sala de espera, que también había acudido a una revisión rutinaria.

-¡Pero bueno!, ¿qué hacéis aquí los dos?

-Imagínatelo. Creemos que Raquel está embaraza. El lunes se hizo el test y dio positivo, así que venimos a confirmarlo.

-Pues,…¡Enhorabuena! ¡Qué alegría! Me quedo de piedra. Mira que hay ginecólogos y coincidimos aquí el mismo día a la misma hora.

-Ya ves. ¡Vaya casualidad!

-Cuando os digan que todo está bien, os espero y os invito a desayunar para celebrarlo. ¡Ya verás cuando se entere tu padre!

LAS DUDAS

Un momento después me sentí lleno de dudas, y al instante siguiente empecé a dudar de aquellas dudas.

(Paul Auster)

-¿Cómo que lo sabías todo, Luis? ¡Explícate! No entiendo nada.

-Ángel Cabezas me lo contó todo.

-¿Cómo? ¿Hablas en serio? No puedo creer lo que escucho.

-¿Me dejas que siga? Cuando Alfonso me llamó pidiendo ayuda para vender su cuadro, pensé en las personas que tenían buenos contactos en el mercado del arte. Y él fue uno a los que llamé.

-Y te convenció de que los mejor era robarlo, ¿o qué?

-Nada de eso. Yo se lo conté y no le di mayor importancia. Me dijo que iba a ver lo que podía hacer. No hizo falta su ayuda ya que a las pocas horas yo ya había conseguido a la persona que necesitaba para que hiciera de enlace con Christie's.

-Ahora sí que no entiendo nada.

-Hay una segunda parte. Al día siguiente, me llamó y ahí es cuando me ofreció robar el cuadro. Me contó que podíamos conseguir mucho dinero por él y que conocía a las personas adecuadas para hacer la operación sin que nadie se enterase.

-¿Y le dijiste que sí o qué?

-¿Por quién me tomas? Le dije que no. Que si se había vuelto loco. No le tomé en serio. Pensé que era una de sus ocurrencias y que jamás sería capaz de ponerla en práctica. De hecho, me burlé de él. Creía que hablaba en broma. En menos de un minuto cambiamos de tema y nos pasamos un buen rato hablando de las vacaciones.

-Insisto. ¿Cómo no le contaste esto a nadie? ¿Sabes que casi nos matan por culpa de este hijo de puta?

-Es lo que estoy diciéndote. No le creí. Y ahora, cuando me he enterado de todo, no daba crédito.

-¡Joder! ¡Si lo llegas a contar hubieras evitado que ocurriera todo lo que ha pasado!

-Ya lo sé. Pero di por hecho que no lo llevaría a cabo. Por eso te estoy pidiendo perdón.

La conversación me había desvelado por completo, pero necesitaba volver a dormirme pronto para descansar. Cuando colgué eran las tres de la mañana y quedaban pocas horas para comenzar mi jornada laboral. Sin embargo, no habrían transcurrido ni cinco minutos de haber cogido el sueño cuando volvió a sonar el teléfono. Había quitado el sonido pero me despertó su vibración. Era Alfonso. No pensaba responder, pero su insistencia hizo que a la tercera llamada terminase por hacerlo.

-¿Qué coño quieres? ¡Son casi las cuatro! ¿No podías esperar a que amaneciese? Voy a llegar destrozado al trabajo y van a acabar echándome.

-Hombre, no te pongas así. Es importante.

-¿Qué pasa?

-Me ha llamado Luis. Acabamos de colgar.

-A mí me ha llamado hace una hora.

-Ya lo sé. Me lo ha dicho.

-¿Y entonces para qué me llamas?

-Pues para comentarlo contigo.

-¿Y no podías esperar?

-La verdad es que no. Me ha parecido alucinante que él supiera todo.

-Y a mí.

-Pero tú le crees, ¿no?

-¿Creerle en qué exactamente?

-En lo de que pensó que *Briatore* le hablaba en broma.

-Sí, sí. Conocemos a Luis bien y es imposible que sea capaz de matar a una mosca. Él te puso en contacto con la casa de subastas. ¿Cómo iba a querer robar el Número 19? Ha sido muy ingenuo al considerar que *Briatore* no sería capaz de planificar todo esto. Nada más.

-Ya lo sé. *Luisito* es muy buena gente. Pero ya no me fío de nadie. ¿No te ha parecido que daba demasiadas explicaciones, como si tuviese que convencernos de una inocencia de la que nunca hemos dudado?

-Eso es por el sentimiento de culpa que tiene. En cualquier caso, ya lo hablaremos con detenimiento. Ahora voy a intentar dormir.

La jornada en la emisora se me hizo eterna. En pleno verano apenas solían producirse noticias en la ciudad pero, al estar casi toda la plantilla de vacaciones, la cantidad de tareas que debíamos realizar los redactores era incluso mayor que en plena temporada. Sin embargo, no conseguía quitarme de la cabeza la duda que Alfonso había planteado. ¿Tendría mi primo algo que ocultar? ¿Nos había dicho toda la verdad? Esa incertidumbre, unida a la falta de sueño que tenía, hizo que me fuera imposible concentrarme en toda la mañana. Hablaba al micrófono sin atender a lo que ponían los textos. Escribía las noticias sin ningún interés, cometiendo una errata tras otra. Cada cosa que hacía era un desastre. Evité llevarme una buena bronca únicamente porque en la redacción lo achacaron al estado en el que supuestamente todavía estaba tras presenciar el tiroteo del domingo. Gracias a ello, logré que me diesen también libre el resto del día.

Me fui directamente a casa sobre las tres de la tarde. Mi único plan era disfrutar por fin de una buena siesta sin que nadie me molestase. Esta vez sí, apagué el móvil y descolgué el fijo, y logré dormir tres horas seguidas. Como imaginaba, al despertar tenía varios mensajes en el contestador. El primero era del comisario Enrique Guzmán. Nos esperaba a las siete para charlar con nosotros. Ni si quiera terminé de escucharlo. Salté de la cama al baño para acicalarme. Quedaban cinco minutos para llegar a la cita y no tenía un segundo que perder. Me arreglé a toda prisa y cogí un taxi, lo que hizo que, al menos, llegase tan solo media hora tarde.

Cuando me presente allí, un agente me acompañó a la sala donde Alfonso y el comisario charlaban distendidamente. Éste quería conocer más detalles sobre nuestra relación con *Briatore* y con Luis. El primero, al parecer, se había acogido a su derecho a no declarar. El segundo había contado cuando le interrogaron en Marbella la misma historia que a nosotros. No había mostrado nervios, ninguna duda, nada de contradicciones. Pero Guzmán quería saber más cosas de ellos.

Después de unos minutos, los tres salimos a la calle y entramos en un restaurante de Santa Engracia muy frecuentado por los policías. Nos sentamos en la barra y, entre cerveza y cerveza, hablamos sin tapujos de multitud de aspectos acerca de ambos. Desde lo extraño que nos parecía su relación, a cómo uno era un autentico cabrón y otro una gran persona, o sus andanzas con las mujeres. Nos despedimos sobre las diez de la noche con la sensación de que estábamos ante un caso prácticamente cerrado y la certeza de que uno debe saber elegir muy bien las amistades.

-Alfonso, te pido únicamente una cosa.

-Lo que quieras.

-No se te ocurra despertarme esta noche. Pase lo que pase. Me van a largar del *curro* por tu culpa. Hoy no podía con mi alma.

-Prometido.

-No te creo. Pero, por favor, si lo haces que sea una cuestión de vida o muerte. Hasta mañana.

Cumplió su palabra. Esta vez su llamada no me despertó de madrugada. El teléfono sonó pasadas las doce, antes de que me hubiese ido a dormir. Pensé que debía ser algo muy serio. Y ciertamente lo era.

-¿Tú sabes en lo que no hemos caído?

-¿Ya ni si quiera dices hola?

-Hola. Es que me acaba de venir a la cabeza la clave de todo esto. ¿Cómo no nos hemos dado cuenta?

-¿De qué?

-Briatore nunca ha tenido dinero, ¿no? Era un crápula que vivía a costa de los demás.

-¿Me lo vas a contra a mí?

-Y entonces, respóndeme. ¿De dónde sacó el dinero para pagar a los mercenarios que querían robar el cuadro?

MADRID

Allá donde se cruzan los caminos,

donde el mar no se puede concebir,

donde regresa siempre el fugitivo,

pongamos que hablo de Madrid.

(Joaquín Sabina)

En los años ochenta existía un autobús de línea regular, *la C* como popularmente era conocido, cuyas paradas seguían un recorrido circular por todo Madrid que concluía en el mismo punto de partida. Durante un par de horas, iba pasando por los rincones más emblemáticos, como La Puerta de Alcalá, la Plaza de Cibeles, o el Teatro Real. Era la forma más barata y rápida de disfrutar y descubrir una ciudad tan grande. La mitad, al menos, de sus viajeros lo utilizaban para este fin. No había mes en el que no hiciésemos juntos el itinerario completo. Era uno de los nuestros planes favoritos.

-Abuelo, y esta plaza, ¿cuál es?

-Esta es la Glorieta de Cuatro Caminos.

-¿Y por qué se llama así?

-Mira, ¿ves esa calle tan larga?

-¿Esa de la derecha?

-Sí. Esa es Bravo Murillo, que antes se llamaba camino de Francia. Esta de enfrente es la Avenida Reina Victoria, que cuando yo era joven le decían el camino de Aceiteros. A la izquierda tienes el Paseo de Santa Engracia y la calle que acabamos de pasar se llama Raimundo Fernández Villaverde. Por eso lo de Cuatro Caminos.

-Jolín, cuánto sabes.

-Es que llevo toda mi vida aquí. Aunque no te creas. Uno nunca deja de sorprenderse con esta ciudad. Desde que yo era un chaval como tú, hasta ahora, no veas cómo ha cambiado. Se transforma cada día. Pero sigue conservando lo mejor, sus gentes. Cualquiera que llega aquí, se sigue adaptando rápido por la acogida que recibe. Eso sigue igual.

Mi abuelo materno se llamaba Basilio Martín Matellano. Madrileño de pura cepa, era un hombre bastante alto para su época, guapo y con una mirada pura que reflejaba la bondad con la que siempre actuaba. Él me enseñó que la belleza de las cosas está en los pequeños gestos, en los detalles sencillos. Con su ejemplo descubrí lo importante de apreciar todo lo que el destino nos regala, por pequeño que sea. A pesar de los golpes que la vida le dio, nunca le vi triste, al menos nunca se mostró así de cara a los demás, ni enfadado. Tenía un carácter afable, cariñoso y divertido que hacía que estar a su lado resultase adorable.

Vivía en la calle de San Emilio, muy cerca de nuestra casa, a unos pasos de la Plaza de Las Ventas, desconozco si por casualidad o de forma premeditada. Y es que su gran afición eran los toros. Lo que más adoraba, además de estar junto a la abuela, era disfrutar de una corrida, aunque su economía no le permitiese hacerlo con la frecuencia que deseaba. Cuando llegaba la Feria de San Isidro, todas las tardes en las que no tenía entrada, que eran mayoría, acudíamos a disfrutar del ambiente antes y después del espectáculo. Aquello sí que eran escenas dignas de ver. A la entrada, los revendedores trataban de colocar a los extranjeros despistados los tickets de última hora a precios de oro, mujeres elegantísimas con mantilla se mezclaban con *chuletas* de barrio que llevaban al hombro su bota de vino, los policías se paseaban a lomos de preciosos caballos tratando de poner orden entre miles de personas que corrían de un lado a otro buscando su puerta de acceso, y por la parte trasera hacían su aparición los personajes de la época que iban a la barrera, como la duquesa de Alba o Julio Iglesias. El mayor atractivo, sin embargo, estaba en la zona donde llegaban los toreros. Muchos de ellos lo hacían a pie junto a su cuadrilla. Otros venían en furgonetas, saludando a través de los cristales a los aficionados que, como nosotros, les daban la bienvenida.

-¿Ves los trajes? Son preciosos, ¿eh?

-¿Y quién es el maestro de todos ellos?

-Es el que va de verde. Los demás son su cuadrilla. Los banderilleros, los que le ayudan en la faena.

-¿Y cómo se llama?

-José Ortega Cano.

-¿Es bueno?

-Muy bueno. No veas qué temple y qué valor tiene el muchacho cuando se pone frente al toro. Ya ha salido dos veces por la puerta grande y te digo yo que le quedan varias veces más. Seguro.

Mientras se celebraba la corrida, paseábamos por los alrededores, de la calle de Alcalá a la Avenida de los Toreros. El clamor de los veinte mil espectadores se escuchaba nítidamente desde fuera a cientos de metros. Si los *olés* eran unánimes y se repetían consecutivamente, sabíamos que la lidia estaba siendo buena. Los pitos, al contrario, nos transmitían que el toreo estaba siendo malo. Los aplausos continuados dejaban entrever que el diestro cortaría alguna oreja. Y los *uys* nos trasladaban la sensación de peligro. Caminar por los aledaños era mucho más divertido que escuchar la retransmisión a través del transistor. Eso sí, mediante la radio certificábamos si alguno de los protagonistas iba a salir por la puerta grande. En ese caso, nos apostábamos allí viendo de cerca cómo sacaban a hombros a *El niño de la capea*, José María Manzanares, Curro Vázquez, y tantas y tantas figuras en sus tardes de gloria.

Su otra pasión, desde que traspasó la tienda de comestibles que regentó durante cuarenta años en la calle Ave María y que yo no llegué a conocer, era caminar. Disfrutar callejeando de los encantos de Madrid, del esplendor de El Retiro, al alboroto de la Plaza Mayor o las múltiples propuestas de El Rastro. Y, por su puesto, gozaba como nadie yendo andando a todos los rincones del barrio mientras se paraba a charlar con los amigos que encontraba a su paso. De su mano iba al colegio, a la Fundación Caldeiro donde realicé todos mis estudios hasta la universidad, al Gran Circo de los Muchachos, que tenía las mejores atracciones de la época, o al parque de la Quinta de la Fuente del Berro, un precioso pulmón verde frente a la M-30 lleno de pavos reales y patos. Podía haber pasado mil veces por el mismo lugar y, sin embargo, nunca dejaba de sorprenderle lo que veían sus ojos. Hasta el último de sus días conservó la inocencia de los niños. Tengo la firme creencia de que el sí supo encontrar la felicidad plena. Ni siquiera dejó de sonreír cuando al final de su vida quedó postrado en una silla de ruedas y sus paseos se hicieron imposibles.

La abuela *Manoli* era una mujer tan bella que parecía una estrella de cine, incluso siendo ya mayor. Tenía la piel tersa, un pelo precioso ondulado y sedoso, un sugerente lunar encima de los labios, y la mirada más dulce que jamás vi. Su infinita elegancia era innata a su sencillez, hacía gala de una delicadeza extraordinaria, y poseía el don de tener siempre una palabra amable para cada persona. Al igual que su marido, su ternura era infinita y disfrutaba de la vida como nadie. Me encantaba que viniera a casa y jugar con ella. De niño, nada me llenaba más que su regazo.

-¡Mira abuela la marioneta que tengo! Si toco aquí, sale su lengua.

-Es una rana muy bonita. Me gusta mucho.

-¿Quieres que te dé un beso la rana?

-Claro que sí. A ver cómo me da un beso.

-¡Muac! ¿Has visto? ¿Y sabes cómo se llama?

-No lo sé. ¿Cómo se llama?

-Gustavo. Es la rana Gustavo. Sale en la tele. Y es periodista.

-Pues es preciosa.

-¿Te la pongo a ti en la mano? Es muy fácil jugar con ella.

-Vale, colócamela.

-¿Y yo te puedo dar un beso?

-Tú puedes darme mil. Todos los que quieras, cariño.

-¡Cómo me gusta darte abrazos y besos, abuela!

-¡Ay, ay, Juan! Ten cuidado. No te subas encima que me haces daño. Es que me duelen los huesos. Tú ya pesas bastante y yo soy muy viejita.

El cementerio de Nuestra Señora de la Almudena es, con sus más de ciento veinte hectáreas, uno de los mayores de Europa en extensión. Un lugar inmenso y frío, falto de toda calidez, de enormes avenidas, que parece estar hecho para no encontrar a quienes están enterrados en sus lápidas. Lo más fácil es perderse en sus laberínticos espacios. Allí se ha dado sepultura a más hombres y mujeres de los que actualmente viven en la ciudad.

-Buenos días. ¿En qué puedo ayudarle?

-Estaba buscando a mis abuelos.

-¿Ha venido otras veces?

-No recuerdo ahora mismo. Puede que a algún entierro. Pero nunca a verles a ellos.

-Si es la primera vez que les busca, es imposible que les encuentre por su cuenta y riesgo. Vamos a mirar en el ordenador y le digo por dónde tiene que ir.

-Esto es enorme ¿eh?

-A mí me lo va a decir. Dígame los apellidos de la primera persona.

-Martín Matellano, Basilio.

-A ver…espere…¿Basilio Martín Matellano?

-Sí, exacto.

-Aquí no me sale nadie. ¿Seguro que se llamaba así?

-Totalmente seguro.

-¿Y estaba enterrado aquí?

-Juraría que sí.

-¿Sabe cuándo murió?

-Ahora mismo ni idea. Hace unos veinte años.

-¡No me diga más! ¡Por eso no aparece!

-¿Qué es lo que pasa?

-Lo siento mucho amigo. No va a encontrarle. Y si su abuela murió hace tanto tiempo, tampoco.

-¿Por?

-Se lo explico. Cuando pasan diez años desde que una persona es enterrada, la concesión del nicho concluye. En este cementerio, al transcurrir ese tiempo, los restos son incinerados para dejar espacio a otros muertos. Si fallecieron hace mucho, ya no están aquí.

Había acudido allí con la intención de orar sobre su tumba. Nunca me fallaron en vida y pensé que tampoco lo harían ahora. Estaba desesperado y dominado por el miedo. Mamá afrontaba una nueva operación. Un nuevo cara a cara con la enfermedad. Suplicaba al cielo por su salvación. No sé si fue un alarde de brillante lucidez o de indómita locura pero pensé que la intermediación de los abuelos ante Dios podría ser el camino a la salvación. Es cierto que no encontré sus restos, pero de alguna forma volví a estar con ellos. Tras las palabras de ese hombre, caminé desconcertado unos minutos por sendas de cipreses hasta quedar desorientado entre miles de sepulcros. Y entonces, me senté en el suelo y me dediqué a recordar todo mi pasado junto a ellos y a rezar sin parar hasta que llegó la noche. No se cómo, pero encontrar la salida me resultó de lo más sencillo.

CERTEZA

Si es real la luz blanca

de esta lámpara, real

la mano que escribe, ¿son reales

los ojos que miran lo escrito?

(Octavio Paz)

No volvimos a tener noticias del comisario hasta el jueves. Nos citó a la misma hora y en el mismo sitio que dos días antes. Esta vez, no hizo falta que dijese nada para saber lo que nos imaginábamos. Le escuchamos con una mezcla de desgana e indiferencia. Ya nos habíamos hecho a la idea de lo que iba a ocurrir tarde o temprano. La realidad era muy tozuda, por mucho que nos empeñásemos en no admitirla, así que desde la noche del martes habíamos pasado de la incredulidad más absoluta, al abatimiento de saber que estábamos ante el engaño de nuestras vidas. La persona más cercana nos había apuñalado por la espalda sin ningún escrúpulo. Aquellas palabras no hicieron más que certificarlo.

A la Policía le quedaba únicamente por investigar, desde que fue delatado por la banda que él mismo contrató, quién había financiado a *Briatore*. Éste llevaba cuatro días guardando silencio, pero no hizo falta que abriese la boca. El rastreo de su cuenta corriente les llevó hasta el hombre que buscaban y del que Enrique Guzmán había sospechado desde el inicio, sin compartirlo con nosotros, a pesar de nuestra creencia absoluta en su inocencia y nuestras alabanzas hacia él. Era, estaba claro, Luis Martín Villena. Mi primo había realizado la transferencia de diez mil euros que sirvió para pagar a los rumanos que nos habían tiroteado.

A priori, el plan que habían trazado era perfecto. Primero, Luis puso en contacto a Alfonso con los responsables de Christie's. De esta forma, nadie sospecharía que él estaba tras el robo del cuadro. Conocía a la perfección los métodos de las casas de subastas, que dejan un margen de varios días hasta recoger el original que van a vender, y contaba con que nuestro amigo común le contaría después la fecha exacta en la que irían a por el cuadro. Con esa información *Briatore*, que se movía como pez en el agua en los bajos fondos, contactó con la banda criminal para que se hiciera con el cuadro antes del día señalado. Lo que jamás imaginaron es que los delincuentes no lograrían su objetivo y acabarían delatando a la persona que les contrató. Quizá por eso mi primo dejó el rastro del préstamo del dinero de una forma tan inocente. Su llamada durante la madrugada del martes no tenía como fin pedirnos perdón, sino afianzar su coartada a sabiendas de que nuestro testimonio a su favor podría resultar exculpatorio en el futuro. Sin embargo, de nada le sirvió. Ese mismo jueves por la mañana fue detenido y puesto a disposición judicial. Igual que su amigo, ambos estuvieron en prisión preventiva durante más de un año, acusados de ser los cabecillas de un intento de atraco, extorsión y homicidio. El juicio en el que se confirmaron todas las imputaciones se celebró en octubre de 2013. Los dos fueron condenados a dieciocho años de cárcel.

El Número 19 fue subastado en Nueva York cinco meses antes de que se dictara la condena. El dieciséis de mayo de 2013 un comprador anónimo pagó por él cincuenta y ocho millones de dólares, más del doble de lo que se suponía que valía, un récord histórico para Christie's en una subasta de arte contemporáneo. Alfonso recibió casi cincuenta. Y no, no hizo falta recordarle lo que ocurrió en el verano del año anterior. Gran parte del dinero recibido lo repartió ayudando a sus allegados, muchos de los cuáles las estábamos pasando canutas por culpa de la maldita crisis. En mi caso, comprobé que tener un buen amigo, a veces, puede equivaler literalmente a tener un tesoro. Sin embargo, el hecho de asegurarme para siempre una buena situación económica era algo que ya carecía en esos momentos de importancia para mí.

MAÑANA

Si me das a elegir

entre tú y la riqueza,

con esa grandeza

que lleva consigo,

ay, amor, me quedo contigo.

(Antonio Vega)

Solemos pensar, equivocadamente, que hay cosas que nunca van a sucedernos. Nos creemos ajenos a que una bomba se pueda cruzar en nuestro camino, a que tengamos un terrible accidente con el coche, o a que los médicos nos den un mal diagnóstico. Consideramos que son hechos que les sobrevienen solo a los demás. Pero nadie es inmune al dolor. Tarde o temprano, la tragedia acaba llamando a nuestra puerta.

-Dígame.

-Hola. Llamaba preguntando por Carmen.

-Soy su hijo. Ha salido. ¿Quién es?

-Soy su doctora. Es muy importante que se ponga en contacto con nosotros. ¿Cuántos años tienes?

-Veinticuatro.

-Te lo voy a contar, entonces. El resultado de biopsia que la hicimos es malo.

La noticia cayó en un principio como una losa sobre la familia, pero apenas tuvimos tiempo para estar tristes. La entereza de mi madre, su valentía, la dignidad con la que encaró la enfermedad desde su aparición, hizo que todos afrontásemos con optimismo una batalla que considerábamos común. Mamá nos demostró con su ejemplo cómo hay que enfrentarse a las adversidades y cómo debemos deleitarnos con cada uno de los placeres que la vida nos regala mientras podamos hacerlo. Y, por supuesto, siempre sentirnos agradecidos por ello. Hasta en tres ocasiones la lucha pareció estar superada. Sin embargo, el destino no había dicho aún su última palabra.

Era sábado. Comenzaba diciembre. Salí de casa para pasar el día con mis padres. Ella llevaba una semana con grandes dolores, que achacábamos inocentemente al tratamiento que estaba recibiendo. Confiaba en que mi presencia mejoraría su ánimo. Les llevaba unas galletas de mantequilla y un trozo de queso manchego que había comprado el día anterior para regalarles. Siempre decían que no les llevase nada, que no lo necesitaban y que a mí me hacía más falta el dinero. Pero me gustaba tener, de vez en cuando, un detalle con ellos. Estaba francamente preocupado, pero ilusionado de poder hacerles compañía. Ni siquiera pude llegar a la mitad del camino. Antes me sonó el teléfono. Era mi hermana Marián. En unos minutos me encontraba en el hospital. Hasta el lunes padecimos allí un verdadero infierno, de la esperanza inicial, pasando por una operación a vida o muerte, hasta el desenlace del que los médicos nos advertían con insistencia ante nuestra incredulidad. El tres de diciembre de 2012 mamá fallecía. Aunque hoy sé que algún día que nos volveremos a ver. Me lo dijo en aquella camilla en la que, aún consciente, pudimos hablar unos segundos. Fue nuestra última conversación.

-Hola, hijo.

-Hola, mamá. No intentes hablar. Tienes que guardar fuerzas. Te quiero mucho.

-Ya lo sé.

-No tienes que estar preocupada. Los médicos te van a poner buena.

-Anda, dime qué tal está la niña.

-Muy bien. En cualquier momento se pone a andar. Mañana te la traigo y la ves. Está preciosa.

-Vale, mañana nos vemos.

Mi madre no mentía. Nunca lo hizo en toda su vida. Jamás participó en un engaño. Era amor y verdad. Por eso sé que aquel no fue un adiós final, que aún queda un mañana en el que volveremos a vernos. No sé dónde, ni cómo, ni cuándo. Pero tengo la certeza de que así será. Y mientras espero, seguiré viviendo con pasión cada momento. No hacerlo sería defraudar a todos los ángeles que, como mamá, dedicaron su vida a hacernos felices.

En Madrid, a 8 de diciembre de 2015